Florian Buschendorff
VON WEGEN SCHWÄNZEN –
WIR STREIKEN FÜRS
KLIMA!
K.L.A.R.

Impressum

Titel
Kurz – Leicht – Aktuell – Real
Von wegen schwänzen – wir streiken fürs Klima!

Autor
Florian Buschendorff

Umschlagmotiv
© DisobeyArt – Shutterstock.com

Druck
Heenemann GmbH & Co. KG, Berlin, DE

Verlag an der Ruhr
Mülheim an der Ruhr
www.verlagruhr.de

Ab 12 Jahre

ISBN 978-3-8346-4446-6

Begleitendes Unterrichtsmaterial:

K.L.A.R. – Literatur-Kartei:
„Von wegen schwänzen – wir streiken fürs Klima!“
Florian Buschendorff
Kl. 7–10, 64 S., A4
Hefter: ISBN 978-3-8346-4453-4
PDF: ISBN 978-3-8346-4460-2

1

„BREAKING NEWS!
Wir unterbrechen das Programm für eine wichtige Meldung. Vor wenigen Stunden wurde die Innenstadt von Hamburg von einer Flutwelle unbekannter Stärke getroffen. Die Bezirke um den Hafen und die Alster sind überflutet. Bitte umfahren Sie die Innenstadt weiträumig. Die Zahl der Vermissten beläuft sich derzeit auf rund 1 000 Personen, darunter 200 Schüler einer Grundschule. Vereinzelt wird von Todesopfern gesprochen. Die Evakuierung der Hamburger Innenstadt läuft auf Hochtouren. Die Bundeswehr ist vor Ort mit Helikoptern im Einsatz. Soeben hat der Bürgermeister die Bevölkerung aufgerufen, Wohnungslose vorübergehend bei sich aufzunehmen. Ferner besteht …“

Jonathan öffnete die Tür mit der metallenen Aufschrift 9a und trat in den Raum.
„Was macht ihr denn da?“

„Mann, Jonathan!“, rief Lisa. „Du hast voll die Aufnahme versaut!“
„Was soll das denn werden?“, fragte Jonathan.
„Wonach sieht es denn aus?“, erwiderte Farah.
Lisa saß am Lehrertisch hinter einem Mikrofon. Ohne Kabel. Farah hatte ihr Handy auf eine Stuhllehne gestützt und machte von Lisas Katastrophenmeldung offenbar ein Video.
„Nach einem Beitrag für den Kinder-Channel vielleicht?“, entgegnete Jonathan.
„Mach dich ruhig lustig!“, sagte Lisa. „Du bleibst halt der typische Ignorant.“
„Wird das eure Präsentation?“
„Ja. Und es wäre nett, wenn du jetzt abzwitscherst“, sagte Farah. „Wir wollen nämlich fertig werden, bevor die Pause zu Ende ist.“
„An eurer Stelle würde ich noch einen Tornado einbauen“, sagte Jonathan. „Und eine Lawine.“ Er ging nach draußen und ließ die Tür zufallen.

☮

Jonathan steuerte auf den Hofausgang zu. Ja, die Hausaufgabe für morgen hatte

er tatsächlich vergessen. Und Gustav offensichtlich auch.
„Ihr könnt heute im Schulhaus bleiben“, sagte Herr Peters, der an der Hoftür stand. „Wegen der Hitze.“
„Ich liebe den Sommer“, entgegnete Jonathan und ging an seinem Klassenlehrer vorbei nach draußen.
Für heute waren 37 Grad angekündigt. Gefühlt waren es jetzt schon 40. Wenn es gut liefe, würde nach der nächsten Stunde wieder Hitzefrei ausgerufen werden. Frau Saalmann wartete mit der Durchsage immer bis zum letzten Moment. Damit sich bloß niemand etwas Sinnvolles für den Nachmittag vornahm.

☮

„Hey, Jonathan!“ Gustav kam auf ihn zu.
„Die Präsentation!“, rief Jonathan.
„Shit“, sagte Gustav. „Wollten wir nicht baden gehen?“
„Lisa und Farah machen so ein Video mit einer Katastrophenmeldung.“
„Ich weiß gar nicht mehr, was Schewe wollte“, sagte Gustav.

Jonathan zog seinen Erdkundehefter aus dem Rucksack. „Erstellt eine kurze Präsentation, welche die Wichtigkeit des Klimaschutzes in eindrucksvoller Weise vor Augen führt“, las er vor.

„Mir geht dieses Klimathema langsam auf den Sack“, sagte Gustav.

„Hast du schon wieder Bock auf eine Sechs?“

„Mein Gott!“, rief Gustav. „Klimawandel gab es schon immer. Ich komme damit klar. Sonne, Hitzefrei, Badengehen. Dann komme ich morgen eben in Badehose. *Das* wird meine Präsentation.“

„Vorschlag“, sagte Jonathan. „Wir kombinieren Baden mit Hausaufgaben.“

„Wie das denn?“

„Ich habe eine Idee“, sagte Jonathan.

2

„Lisa, Farah, großartig! Das ging richtig unter die Haut.“ Herr Schewe stellte sich vor das Smartboard und applaudierte.
Herr Schewe lobte Schüler nahezu immer für alles. Einige erzählten manchmal absichtlich Unsinn, um seine Reaktion abzuwarten. Meistens kratzte er sich dann seinen grauen Bart und lächelte.
„Das war wie aus einem Katastrophenfilm“, schwärmte Herr Schewe. „Beängstigend finde ich, dass wir das wahrscheinlich bald schon genauso erleben werden.“
„Panikmache“, sagte Gustav. „Klimawandel gibt es seit Bestehen der Erde.“
„Nächste Stunde zeige ich euch eine Dokumentation über die Tuvalu-Inseln im Pazifik. Da werdet ihr sehen, was wir noch vor uns haben.“
„Schreiben wir darüber eine Arbeit?“, fragte Emma.
„Wichtiger wäre, dass ihr begreift, dass ihr endlich etwas tun müsst“, sagte Herr Schewe.

„Die meisten von euch gehen ja nicht einmal auf eine Demonstration. Obwohl es euch am meisten betrifft.“
Herr Schewe war ständig dabei, den Schülern einzureden, dass eigentlich alle bald sterben würden. Andere Lehrer sahen dem Klimatod gelassener entgegen. Während Herr Schewe großzügig erklärte, dass man während seines Unterrichts gern auch demonstrieren dürfe, hatte die Direktorin Frau Saalmann angeordnet, dass Klassenarbeiten immer freitags zu schreiben seien, um die Schüler vom Demonstrieren abzuhalten. Und für Herrn Peters ging Schule sowieso über alles.
„Herr Peters meinte: Wer freitags fehlt, fehlt unentschuldigt“, sagte Farah. „Und bekommt eine Sechs.“
„Das ist doch mal die Gelegenheit, darüber nachzudenken, was euch im Leben wirklich wichtig ist“, erwiderte Herr Schewe.
„Sie meinen also, wir sollen schwänzen?“, fragte Farah.
„Was nützt euch ein toller Beruf, wenn eure Aufgabe darin bestehen wird, ums nackte Überleben zu kämpfen?“
„Schon wieder Panikmache“, sagte Gustav.

„Im Übrigen empfehle ich euch klimawandelsichere Berufe“, fuhr Herr Schewe unbeeindruckt fort. „Gebäudesanierer für Wasserschäden. Oder Dachdecker. Katastrophenhelfer ginge auch.“
„Ich bin gespannt, ob Schewe bei unserem Video auch klatscht“, flüsterte Gustav
„Also die Nächsten, bitte“, sagte Herr Schewe. „Die Bühne ist frei.“

☮

Jonathan ging nach vorn und steckte die Speicherkarte in das Smartboard. Ja, das würde ein Knaller werden. Die Klasse würde sich krümmen vor Lachen.
In Övelgönne, dem beliebten Badestrand an der Elbe, hatten sie gestern ganze Arbeit geleistet. Den halben Strand hatten sie dazu gebracht, beim Video mitzumachen. Nach dem Baden hatten sie die Aufnahmen noch geschnitten und mit ein paar Effekten verfeinert. Dagegen war das Filmchen von Lisa und Farah vollkommen ärmlich.
Jonathan startete das Video und setzte sich wieder zu Gustav. Herr Schewe schaltete das Licht aus.

☮

Schwarzer Bildschirm. Düstere Musik. Die Kamera wandert über den Sandstrand von Övelgönne. Schwarz-Weiß-Modus. Leere Plastikflaschen, Papiermüll, Zigarettenstummel. Dann Schwenk zum Wasser. Im Vordergrund ein paar Dutzend Badende, die wild mit den Armen rudern. In panischer Angst vor dem Ertrinken schreien sie um ihr Leben und verschwinden unter der Wasseroberfläche.
Ein Schriftzug – und aus dem Off Gustavs heisere Stimme: *„Klimawandel betrifft uns alle!“*
„Gleich kommt‘s!“, flüsterte Gustav in Vorfreude auf die grandiose Wendung.
Es klopfte an die Tür.

☮

„Muss das ausgerechnet jetzt sein?“, rief Herr Schewe verärgert und drückte auf Pause. „Wir sind hier gerade bei einer wichtigen Sache.“
Ein Mädchen betrat den Raum, zusammen mit einem Jungen.

„Das sind wir auch“, sagte das Mädchen. „Dürften wir mal eine Ansage machen?“ Jonathan überlegte, woher er das Mädchen kannte. „Wer ist das?“, fragte er Gustav leise. „Denk noch mal scharf nach!“, entgegnete Gustav. „Das ist dieses Klima-Powergirlie aus der 9 d.“

„Hi zusammen! Das ist Mario, ich bin Klara. Wir sind von der Fridays-for-future-Gruppe Altona. Wir setzen uns dafür ein, dass der Wahnsinn mit der Zerstörung unseres Planeten endlich aufhört.“

Klara schaute auf das Standbild mit dem Schriftzug *„Klimawandel betrifft uns alle!“*

„Toll, dass ihr euch damit befasst“, sagte sie. „Aber Videos schauen reicht einfach nicht.“

Herr Schewe schaltete das Licht wieder ein und sah auf seine Uhr.

„Ich weiß, ihr freut euch, dass es heute wieder Hitzefrei gibt“, sagte Klara. „Dieser Sommer ist schon jetzt der heißeste seit Beginn der Wetteraufzeichnung.“

Sie strich sich ihre langen, braunen Haare hinters Ohr. Sie hatte blasse Haut und ein paar Sommersprossen im Gesicht. Es war aber die Stimme, an der er sie wiedererkannte.

Jonathan schloss kurz die Augen. Klaras Stimme erinnerte ihn an warme Sommerabende. Ansonsten hatten sie die zweieinhalb Jahre gewaltig verändert.
„Hast du dich gerade verknallt?“, fragte Gustav.
Jonathan öffnete wieder die Augen. „Wer ist dieser Mario?“
„Irgend so ein Aktivist aus der Zehnten oder Elften.“
„Am übernächsten Freitag ist eine Großdemo“, ergriff Mario das Wort. „Von unserer Schule waren bei der letzten Demo kaum Leute dabei.“
„Bitte kommt wirklich alle!“, sagte Klara. „Treffpunkt ist am Hauptbahnhof um 10 Uhr.“
Jonathan sah sich in der Klasse um. Begeisterungsstürme sahen anders aus.
„Außerdem suchen wir noch Leute für die Fridays-for-future-Gruppe“, fuhr Klara fort. „Alle, die interessiert sind, treffen sich morgen um halb acht vor der Schule. Ich warte am Fahrradständer.“
Jetzt schaute Klara zu Jonathan. Hatte sie ihn wiedererkannt?
„Wäre das nicht etwas für euch beide?“
Gustav schüttelte den Kopf. „Zu früh für mich.“
„Also!“, sagte Klara und griff zur Türklinke.

„Kommt bitte alle zur Demo am Freitag in einer Woche und am besten auch morgen früh. Es geht schließlich um eure Zukunft!“

Jonathan wusste nicht genau warum, aber er spürte Erleichterung, dass Klara und ihr Begleiter bereits draußen waren, als Herr Schewe das Video wieder startete. Der Film wechselte jetzt in den Farbmodus. Die 30 untergegangenen Darsteller sprangen plötzlich aus dem Wasser. Sie kamen ans Ufer gerannt und begannen, im flachen Wasser ausgelassen zu den Partybeats aus Gustavs Box zu tanzen. Ein großer, bunter Schriftzug überzog den Bildschirm. *„… und wir lieben den Klimawandel!“*

Die Klasse applaudierte laut lachend. Herr Schewe zog die Augenbrauen hoch, kratzte sich seinen Bart und schaute Jonathan und Gustav fragend an. Gustav grinste. Jonathans Blick schweifte zur Tür. Der Hauch eines unbekannten Dufts wehte ihm von dort aus entgegen, wo das Mädchen vor ein paar Minuten den Raum verlassen hatte.

3

Klara Kalinski hieß sie. Sie hatte den Ruf, Lehrern offen ihre Meinung zu sagen, was sie sich als Klassenbeste auch erlauben konnte. Sie hatte drei Geschwister, die auf eine andere Schule gingen, und wohnte in dem alten Holzhaus in der Bergstraße, das aussah wie die Villa Kunterbunt.
Das hatte Jonathan herausfinden können. Sogar bei Google wurde er fündig. Auf der Webseite einer Umweltgruppe hatte Klara ein paar Texte geschrieben. Ein Foto zeigte sie mit einem Transparent. *„Von wegen schwänzen – wir streiken fürs Klima!"*
Sie sah verdammt hübsch aus. Damals hatte er das anders gesehen. Oder es war ihm egal gewesen. Vor fast drei Jahren, am Anfang der Siebten. Klara war in die Tischtennis-AG gekommen. Sie trug komische Klamotten und benahm sich eigenartig. Er und ein paar andere hatten sich über sie lustig gemacht, dann war sie nicht mehr gekommen. Vielleicht sollte er sie fragen, ob sie den Klimawandel nicht Klimawandel sein lassen und es noch

einmal mit Tischtennis versuchen wollte.
„Jonathan! Essen!“, rief seine Mutter von unten.
Zeitgleich mit seinem Vater betrat Jonathan das Esszimmer. Sie hatten sich heute noch nicht gesehen. Jonathan hatte sich nach der Schule im Zimmer eingeschlossen und sein Vater sich in sein Arbeitszimmer, als er nach Hause gekommen war. Er sei arbeitssüchtig, sagte seine Mutter immer. Früher hatte Jonathan das gestört. Inzwischen war er froh darüber.

„Guten Appetit“, sagte der Vater und griff zum Besteck. „Wundert euch nicht, wenn ich morgen eine Stunde früher losfahre.“
„Warum?“, fragte die Mutter.
„Morgen ist Freitag“, sagte der Vater.
„Ja und?“
„Da ist bestimmt wieder so eine Kinderdemo und die gesamte Innenstadt verstopft.“
„Die Demo ist erst nächste Woche“, sagte Jonathan.
„Letztens habe ich eine Stunde im Stau gestanden. Die sollten lieber in die Schule

gehen, anstatt die Berufstätigen von der Arbeit abzuhalten."
„Du könntest ja mit dem Fahrrad fahren", schlug die Mutter vor.
„Mit dem Fahrrad!", wiederholte der Vater spöttisch. „Außerdem muss der Wagen eingefahren werden."
„Du hast die Zeichen der Zeit nicht erkannt", sagte die Mutter. „Mir hätte auch ein Golf genügt. Warum musste es unbedingt ein Geländewagen mit Vierradantrieb und 300 PS sein?"
„348", verbesserte der Vater.
„Der höchste Berg in Hamburg ist der Hasselbrack", sagte die Mutter. „Und der ist beeindruckende 116 Meter hoch."
„Richtig", bestätigte der Vater. „Und wenn Hamburg überschwemmt wird, dann wollen wir da doch möglichst zügig raufkommen, oder?"
„Mit E-Antrieb ginge das schneller", sagte Jonathan. „Der Elektromotor hat ein höheres Drehmoment."
„Ist meine gesamte Familie jetzt vom Klimawahn befallen?", rief der Vater.
„Übrigens gehe ich nächsten Freitag auch

auf die Demo“, sagte Jonathan. Der Einfall gefiel ihm. Außerdem machte es ihm Spaß, seinen Vater ab und zu ein bisschen zu provozieren. Der erstarrte auch prompt und wirkte für eine Sekunde wie eingefroren.
„Du?“, rief er und ließ Messer und Gabel auf den Teller fallen. „Du willst die Schule schwänzen?“
Auch die Mutter schaute besorgt. „Du hast doch erzählt, dass freitags immer Arbeiten geschrieben werden.“
„Richtig so“, bestätigte der Vater. „Und ich schreibe dir gewiss keine Entschuldigung.“
„Na und?“, entgegnete Jonathan. „Eine Sechs macht mir gar nichts.“
„Frieden, bitte!“, sagte die Mutter.
„Überlasse den Klimawandel bitte den Experten“, sagte der Vater. „Kümmere du dich lieber um die Schule.“
„Ich weiß, damit ich mal so erfolgreich werde wie du“, stöhnte Jonathan.
„Wenigstens am Tisch bitte Frieden!“, wiederholte die Mutter nachdrücklich, woraufhin alle schwiegen.
„Friedensangebot“, sagte der Vater schließlich. „Ich fahre dich morgen früh zur Schule.“

„Geht nicht“, erwiderte Jonathan.
„Warum nicht?“ Sein Vater sah ihn neugierig an.
Weil ich morgen um halb acht eine Verabredung mit dem schönsten Mädchen der Schule habe? Und weil das erste Date mit Klara sicherlich den denkbar schlechtesten Auftakt hätte, wenn er aus dem dicken SUV seines Vaters klettern würde.
„Gestern hast du noch gejammert, es sei dir zu heiß“, sagte der Vater. „Mensch, wir schmeißen die Klimaanlage an und in fünf Minuten bist du da.“
Vor ein paar Tagen hatte jemand aus der Tischtennis-AG einen Spruch gepostet: Das sicherste Anzeichen für Pubertät sei, wenn die Eltern anfingen, richtig peinlich zu werden. Sein Vater zeigte diese Symptome schon seit einer ganzen Weile.
„Danke, Papa“, sagte Jonathan. „Ich fahre lieber mit dem Fahrrad. Klimaschutz und so, weißt du?“

4

Klara lehnte an einer Fahrradstange und las in einem Buch.
„Hi!“, sagte Jonathan. Er hielt vor Klara und stieg vom Fahrrad. Er war offenbar der Erste. Klara sah hoch. Sie schaute abwesend, als tauchte sie gerade aus der Tiefe einer geheimnisvollen Geschichte auf. Sie klappte das Buch zu, dann lächelte sie ihn an. Und allein dafür hatte sich das frühe Aufstehen gelohnt. Jonathan lächelte zurück. Wenn Klara gewusst hätte, wie lange er gestern Abend für dieses Lächeln vor dem Spiegel geübt hatte!
„Cool!“, sagte sie. „Jetzt sind wir immerhin schon zu zweit.“ Sie steckte ihr Buch in die Tasche.
„Ob wir zwei die eineinhalb Milliarden Chinesen davon überzeugen können, weniger CO_2 zu produzieren?“
„Klimaschutz fängt immer vor der eigenen Tür an“, sagte Klara. „Wollte dein Freund nicht mitkommen?“

Jonathan zog die Schultern hoch. Abgesehen davon, dass Gustav niemals dazu zu bringen war, früher als nötig in der Schule zu sein, wäre Gustav in seinen Fußballklamotten und mit seinen Sprüchen jetzt wohl auch nicht sehr hilfreich.
Jonathan lehnte sich neben Klara an die Fahrradstange. Schweigend sahen sie den Schülern zu, die an ihnen vorbei ins Schulhaus eilten.
Wartete Klara darauf, dass er das mit der Tischtennis-AG in der Siebten ansprach? Das Thema schien wie ein Geier über ihnen in der Luft zu kreisen. Dabei hatte Jonathan sich bereits eine Entschuldigung zurechtgelegt. Er war gerade mal 13 gewesen, jung und kindisch.
„Wir waren in acht Klassen!", seufzte Klara enttäuscht. Vielleicht hatte sie die Sache ja auch vergessen.
Die rote Lampe über dem Eingang zeigte den Unterrichtsbeginn an.
„Und jetzt?", fragte Jonathan.
„Ich habe erst zur zweiten." Klara lächelte.
Tja, dachte Jonathan. Er hatte jetzt Bio.
Bei Herrn Peters. Der würde ihm den Kopf

abschneiden. Seine Gedanken schossen hin und her. „Ich auch“, sagte er schließlich.
„Super!“, entgegnete Klara. „Dann lass uns ins Green Village gehen. Wir trinken etwas und ich erzähle dir von unserer Gruppe.“
Jonathan hatte noch nie geschwänzt. Aber das hier war eine einmalige Chance. Und für diese nahm er die Sechs und das Toben seines Klassenlehrers liebend gern in Kauf.

☮

Das Green Village war ein Café, 200 Meter von der Schule entfernt. Die Stühle und die aufgehängten Schilder waren alle im selben Grün wie die Schürze der Bedienung, die jetzt zu ihnen an den Tisch am Fenster kam.
„Eine Cola, bitte“, sagte Jonathan.
„Du weißt hoffentlich, dass zur Herstellung von einem Liter Cola fünf Liter Wasser benötigt werden“, sagte Klara streng.
Jonathan zuckte innerlich zusammen.
„… würde meine Schwester jetzt sagen“, schob Klara hinterher und lächelte frech.
„Aber hier gibt es auch gar keine Cola.“
Sie strahlte die Bedienung an. „Wir nehmen zwei Green-Smoothie-Spezial.“

„Und das ist was genau?“, fragte Jonathan. „Brennnessel, Banane und Spinatblätter gemixt“, erklärte Klara. „Schmeckt trotzdem lecker.“

☮

Schwänzen fühlte sich besser an als erwartet. Statt müder Vorträge über Fotosynthese ein sonniger Morgen zusammen mit dem hübschesten Mädchen der Schule in einem Café. Ich weiß gar nicht, was du an der toll findest, hatte Gustav gesagt. Ja, das war wohl Ansichtssache. Bei Gustav hingen Poster von Fußballern überm Bett. Mit denen war Klara sicherlich schlecht vergleichbar. Jonathan hätte es auch gar nicht benennen können. Es war der Ausdruck ihres Gesichts: eine Mischung aus Willensstärke und Weichheit, aus Fröhlichkeit und Nachdenklichkeit. Klara erzählte von ihrer Familie. Von ihrem jüngeren Bruder, der fantastisch Klavier spielte, und ihren beiden Schwestern, die seit Jahren kein Fleisch und keine Milchprodukte mehr aßen. Ihre Familie sei sehr speziell. Früher hätte sie immer ökologisch nachhaltige Kleidung aus Hanffasern tragen müssen und

sei dafür von allen gemobbt worden. Aber inzwischen hätte sie sich durchgesetzt.
„Ich wollte noch sagen …“, fing Jonathan an, aber Klara unterbrach ihn.
„Ist schon okay“, sagte sie, als hätte sie seine Gedanken gelesen. „Vergangenes ist vergangen und verziehen. Die Zukunft ist viel wichtiger.“
Sie lächelte Jonathan an. Er fühlte sich wie magnetisch von Klara angezogen. Sie war 15 wie er, aber sie redete vollkommen erwachsen. Und Jonathan fühlte sich in diesem Moment ebenfalls sehr erwachsen, wenngleich es ihm so vorkam, als müsste er sich dazu ein bisschen verstellen. Aber in diesen Minuten hier im Green Village bekam sein Leben plötzlich so etwas wie eine neue Farbe.
Jonathan beobachtete das küssende Pärchen draußen vor dem Fenster.
„Woran denkst du?“, fragte Klara.
„Schmeckt toll“, sagte Jonathan und sog den grünen Brei durch den Bambushalm in seinen Mund.

☮

Dann erzählte Klara von der Fridays-for-future-Gruppe. Sie trafen sich einmal pro Woche im Gemeindezentrum. Die Gruppe war weltweit vernetzt, organisierte Schülerdemos und andere Aktionen gegen das Aussterben des Lebens auf der Erde. Jonathan müsse am Samstag unbedingt kommen. Es kämen Vertreter vieler Schulen aus dem Bezirk.
Dann sah Klara auf ihr Handy und stellte fest, dass sie jetzt zum Unterricht müssten. Vor der Schule umarmte sie ihn zum Abschied.
Jonathan nahm einen Weg, der ihn weit um den Biologieraum herumführte. Herrn Peters jetzt in die Arme zu laufen, wäre fatal.
Als Jonathan den Klassenraum betrat, war er wieder da. Dieser Duft. Er haftete an seinem T-Shirt. Er würde es für den Rest des Sommers vor der Waschmaschine retten. Notfalls mit Gewalt.

5

„Alter, du spinnst! Mein Vater hat schon vor Ewigkeiten die Karten besorgt.“
Jonathan hielt das Handy weiter vom Ohr weg. Gustav war stinksauer. Klar, wäre er auch gewesen. Vor zwei Monaten hatte er sich auch noch auf das Spiel des HSV gegen VfL Osnabrück im Volksparkstadion gefreut. Aber Gustavs ganzer Fußballkram hatte angefangen, ihn zu nerven. Auch dass Gustav sein gelbes T-Shirt mit dem HSV-Logo seit zwei Monaten scheinbar ohne Unterbrechung trug.
„Dein Vater kriegt das Geld von mir natürlich zurück“, sagte Jonathan.
Gustav hängenzulassen, war trotzdem fies. Vor allem, weil ihm keine bessere Ausrede eingefallen war als der Geburtstag einer Tante. Dass ihm die Sache mit Klara wichtiger war, wäre aber einfach zu hart gewesen.
Jonathan stieg auf sein Fahrrad. Er hatte keine Ahnung, was ihn bei dieser Gruppe erwartete. Hielten sich dort alle an den Händen und sangen Umweltlieder? Er stellte sich vor, wie Klara ihn zur Begrüßung umarmte. Wie

sie nebeneinandersitzen, sich vielleicht von Zeit zu Zeit wie zufällig berühren und hinterher zu zweit noch einmal ins Green Village gehen würden.
Leider kam es anders.

☮

Jonathan öffnete die breite Glastür. Ein großer Saal schloss sich an, in der Mitte war ein Stuhlkreis aufgebaut. Ungefähr 20–30 Schüler. Die meisten saßen schon. Jonathan hielt Ausschau nach Klara. Sie saß neben Mario und unterhielt sich mit ein paar Leuten. Er winkte ihr zu, aber sie bemerkte ihn nicht. Jonathan setzte sich auf einen freien Platz zwischen einen kleineren Jungen mit einem Schreibblock auf dem Schoß und ein Mädchen, das mit ernstem Blick ein Flugblatt las.
„Lasst uns anfangen!“, rief Mario und stand auf.
Jetzt fing Jonathan Klaras Blick ein. Sie winkte ihm kurz zu, schaute dann aber wieder in die Mitte.
„Ich sehe hier ein paar neue Gesichter“, sagte Mario. „Deswegen stelle ich mich kurz vor.“
Mario war offenbar der Anführer dieser Gruppe.

Aus seiner kurzen Vorstellung wurde eine längere Rede. Er sei außer in der Fridays-for-future-Gruppe noch in einer anderen Umweltgruppe, der Extinction Rebellion, in der sie ganz andere Aktionen planten. Er ging in die Elfte, wirkte aber älter. Er fuchtelte beim Reden viel mit den Händen herum. Mario war ganz klar ein Selbstdarsteller. Ohne den Klimawandel würde er jetzt vor irgendeiner anderen Gruppe stehen, dachte Jonathan. Hauptsache, er hatte Publikum.
Jonathan schaute sich in der Runde um. Die meisten schienen beeindruckt zu sein von Marios selbstsicherer Art. Was ihm einen Stich versetzte, war, dass Klara besonders begeistert zu ihm hochsah. Als er sich setzte, schenkte sie Mario ein Lächeln.
„Für die Großdemo am Freitag", begann nun Klara, „müssen wir einfach noch mehr Werbung machen. Letztes Jahr waren viel mehr Leute bei den Demos. Ihr müsst eure Klassen mobilisieren!"
Jonathan meldete sich.
„Du kannst einfach reden", sagte Mario und grinste. „Wir sind ja nicht in der Schule."
„Lasst uns doch einfach die Schulen alle mit

einem Schloss verrammeln", schlug Jonathan vor. „Wir hängen ein Schild an die Tür: Wegen Bauarbeiten geschlossen! Dann kommen bestimmt mehr zur Demo."

Jonathan schaute unauffällig zu Klara, aber sie sah schon wieder zu Mario.

„Nicht schlecht", sagte Mario. „Schulen abschließen, das machen sie in London und in den USA so. Darüber könnte man durchaus einmal nachdenken."

Jetzt meldete sich das Mädchen neben Jonathan, das die ganze Zeit mit nüchternem Blick zugehört hatte. Die Schule zu blockieren, sei Nötigung, meinte sie. Man wolle doch erreichen, dass die Leute freiwillig zur Demo gingen.

„Manchmal heiligt der Zweck die Mittel", entgegnete Mario. Klara nickte begeistert.

☮

Jonathan versank in Gedanken. Dabei dachte er weniger über Werbung für die Demo nach. Viel mehr beschäftigte ihn die Frage, wie er am Ende des Treffens die Wörter „Smoothie", „wir beide" und „Green Village" zu einer unverkrampften Einladung verbinden könnte.

Die Gespräche zogen an ihm vorbei, als hätte er auf „lautlos" gestellt. Zwischendurch drangen Fetzen in sein Bewusstsein. Es ging darum, wie man Transparente herstellen und welche Sprüche man draufschreiben könnte, welche Farben bei Regen wasserfest seien, wie man sich zu verhalten hätte, wenn es Ärger mit der Polizei gäbe, und auf welche Weise man bis Freitag noch Werbung machen könnte. Mario hielt schließlich einen Pappkarton mit frisch gedruckten Flyern hoch, die sie mitnehmen und in ihren Klassen verteilen sollten. Irgendwann standen alle auf und drängten sich zum Ausgang. Jonathan blieb sitzen.

☮

„Toll, dass du da warst", sagte Klara. Sie war zu ihm gekommen und hatte sich vor ihn gehockt.
„Klar doch", sagte Jonathan und ärgerte sich im selbem Moment. *Eigentlich bin ich nur deinetwegen hier* hätte bescheuert geklungen. Aber sein *klar doch* war natürlich noch zehnmal bescheuerter.
„Verteilst du die bitte in deiner Klasse?", fragte sie und hielt ihm einen Stapel Flyer hin.

Jetzt!, dachte er. *Jetzt der Smoothie-Satz!*
„Cool“, sagte Klara. Sie lächelte kurz und stand auf, bevor Jonathan seine Zunge auch nur einen Millimeter bewegen konnte. „Mario will mit mir noch etwas besprechen.“
„Klar doch“, wiederholte Jonathan. Sie hatte ihn einfach sitzen lassen. Ihr den Satz „Hey, lass uns doch noch auf ein, zwei Smoothies ins Green Village“ hinterherzurufen, wäre der Gipfel an Peinlichkeit gewesen.
Sie schaute ihm nicht einmal hinterher, als er den Saal verließ.

6

Den kleinen, weißen Ball elegant über das Netz auf die andere Seite der Platte zu schmettern, hatte Jonathan schon immer mehr fasziniert, als sich grölend in die Arme zu fallen, wenn irgendeiner ein Tor geschossen hatte. Dass er Fußball jedoch regelrecht hasste, war ihm erst in den letzten Tagen wirklich bewusst geworden. Gustav hatte ihm am Montag, am Dienstag, am Mittwoch und schließlich heute auch noch einmal das Spiel vom Wochenende mehrmals in sämtlichen Einzelheiten nacherzählt. Das Einzige, was Gustavs Fußballgeschwafel mit ihm zu tun hatte, war der Satz „Wenn du gefoult wirst, musst du aufstehen und weiterkämpfen!“.

Denn genau dazu hatte sich Jonathan am Wochenende entschlossen.

„Guten Morgen“, sagte Herr Schewe. Er lief gleich zum Computertisch weiter, um das Smartboard hochzufahren.

Jonathan starrte auf die sich blau färbende Projektionsfläche.

„Wie sieht es aus?“, fragte Gustav. „Övelgönne? Nach der Schule?“
Jonathan zögerte.
„Verstehe“, sagte Gustav.
Jonathan spürte eine Wand zwischen Gustav und ihm. Und diese würde noch weiterwachsen, wenn er gleich das täte, wofür er in den letzten Tagen seine ganze Fantasie zusammengenommen hatte.
„Verdammte Kiste“, rief Herr Schewe und schlug auf den Computer. Er gehörte zu der Sorte älterer Lehrer, die sich den Schülern zuliebe den ganzen Computer- und Medienkram angeeignet hatte, aber letztlich mit diesen Dingen nie warm geworden war.
Auf dem Smartboard war zu lesen, dass das Betriebssystem im Sicherheitsmodus hochgefahren werden müsse, nachdem 98 Systemdateien aktualisiert seien.
Ein guter Augenblick. Jonathan stand auf und stellte sich vor das Smartboard.

☮

Nur kurz hatte er daran gedacht, aufzugeben. Doch was dieser Mario konnte, konnte er schon lange. Auch ohne so ein selbstverliebtes

Grinsen zwischen den Ohren. Er würde es Klara beweisen.
„Heute Nacht hatte ich einen Traum“, sagte Jonathan mit erhobener Stimme.
Herr Schewe schaute kurz vom Computer hoch und kratzte seinen Bart. „Ich wollte euch eigentlich die versprochene Doku zeigen“, sagte er, „aber erzähle ruhig noch ein bisschen Quatsch, Jonathan. Das Ding braucht noch eine halbe Stunde.“
Im Grunde schlug Jonathan sogar zwei Fliegen mit einer Klappe. Sympathiepunkte bei Herrn Schewe einzusammeln, war einfach. Bei Klara war das etwas schwieriger, aber seine Idee würde zünden.
„Ich habe von den Tuvalu-Inseln geträumt“, fuhr Jonathan fort.
„Schleimer“, rief Cem.
„Nein, nein“, wehrte Jonathan ab. „Mich hat das wirklich betroffen gemacht. Da versinkt ein ganzes Land im Ozean, weil ein paar Industrieländer diese Klimakiller in die Atmosphäre blasen.“
„Hast du Drogen genommen, Jonathan?“, rief Farah.
„Ich habe gesehen, wie wir mit Booten zur

Schule fahren, weil die Gletscher geschmolzen sind. Und ich habe Angst bekommen."
Herr Schewe schaute wieder mit einer Hand im Bart zu ihm.
„Noch mehr Angst bekam ich allerdings vor der Bioarbeit morgen. Ich hatte so viel Schiss, dass ich mich gar nicht mehr auf das Lernen konzentrieren konnte. Ging es euch auch so?"
„Geht so", rief Emma.
„Und dann habe ich noch von einem leeren Klassenraum geträumt. Alle waren auf der Demo. Alle, bis auf Herrn Peters."
Jonathan ging durch die Reihen, verteilte die Flyer mit dem Aufruf zur morgigen Demo und legte jedem noch ein weiteres Blatt hin: seinen hypergenialen Einfall.
„Das sind Entschuldigungszettel für morgen. Ihr müsst bloß euren Namen eintragen und am Montag bei Herrn Peters abgeben. Unterschrieben sind sie schon." Jonathan grinste. „Mit Gott."
Die Klasse beugte sich über seinen Brief.

„Verehrter Herr Peters,
mein Sohn / meine Tochter ....
war in meinem Namen auf der Erde unterwegs,

um meine geliebte Schöpfung zu retten. Bitte entschuldigen Sie deshalb das Fehlen am letzten Freitag. Übrigens finde ich es toll, was Sie meinen Kindern im Bio-Unterricht alles beibringen. Alle Achtung! Falls Sie Fragen haben: Sie wissen ja, wie Sie mich erreichen.
Hochachtungsvoll
Gott“

Während Jonathan seinen Brief noch einmal überflog, machte sich die ganze Klasse lachend daran, ihre Namen einzutragen.
Ja, dachte Jonathan. Er hatte sie bekommen! Alle. Ich habe da noch ein paar Leute mitgebracht, würde er Klara auf der Demo begrüßen und bescheiden auf die versammelte Klasse hinter sich zeigen.
„Du hast die Unterschrift von Gott gefälscht?“, fragte Farah.
„Herr Peters glaubt doch nie im Leben an Gott“, sagte Lisa.
„Er kann uns keine Sechs geben, wenn wir alle fehlen“, erwiderte Jonathan.
„Nein“, sagte Herr Schewe, dem es inzwischen gelungen war, den Computer zu starten. „Das

kann er tatsächlich nicht." Er stand vom Tisch auf. „Es kann losgehen." Gerade wollte er den Film starten, als die Tür geöffnet wurde. „Wenn man vom Teufel spricht", murmelte Gustav.

☮

„Darf ich einen Augenblick stören, Herr Kollege?" Herr Peters kam herein, Herr Schewe trat ein Stück zur Seite.
„Wenn es denn sein muss, Herr Kollege."
Die beiden sprachen sich immer mit „Herr Kollege" an, während sie sich gleichzeitig duzten. Das wirkte sehr speziell. Man konnte nicht ausmachen, welcher von beiden den anderen nachäffte. Die beiden hätten auch gut ein Komiker-Duo abgeben können. Dabei waren sie so verschieden, wie es Lehrer nur sein konnten. Herr Schewe mit seinem grauen Bart, der Halbglatze und seinem verwaschenen, blauen Hemd, unter dem er einen gewaltigen Bauch trug. Auf der anderen Seite der schlanke Herr Peters, der immer wieder einfließen ließ, wie jung er sei. Als ob 30 jung wäre! Wegen seiner Markenturnschuhe hätte man ihn vielleicht für einen Kumpeltypen

halten können. Allerdings nur, solange man ihn bloß sah und er nicht redete. Dann konnte nämlich weder seine jung-dynamische Art noch sein Kapuzenpullover darüber hinwegtäuschen, dass er überzogen streng und alles andere als ein Kumpel war. Herr Peters hatte die Klasse nur in Bio. Dafür, dass er der Klassenlehrer war, sah man ihn recht selten, was niemanden wirklich störte. Deshalb war es aber nicht ungewöhnlich, dass Herr Peters hin und wieder in einem anderen Unterrichtsfach vorbeischaute, um eine angeblich wichtige Ansage zu machen.

„Manche von euch“, fing Herr Peters an, „denken vielleicht daran, dem Aufruf zum kollektiven Schuleschwänzen zu folgen.“ Jetzt schaute er allen nacheinander streng in die Augen. „Ich erinnere aber daran, dass wir morgen eine Biologiearbeit schreiben.“

„Herr Schewe meinte, wir sollen lieber demonstrieren gehen“, rief Lisa.

„So so.“ Herr Peters sah zu Herrn Schewe.

„Die Schüler übernehmen gesellschaftliche Verantwortung“, sagte Herr Schewe gelassen und zog die Schultern hoch. „Wollten wir ihnen das nicht beibringen?“

„Zunächst wollten wir ihnen aber doch beibringen, Herr Kollege, Verantwortung für sich selbst zu übernehmen. Oder siehst du das anders?"
„Gleich prügeln sie sich", flüsterte Gustav und stieß Jonathan in die Seite.
Jonathan reagierte nicht. Er starrte schon seit einer Minute auf sein Handy unter dem Tisch. Beim Anblick von Klaras Nachricht hätte er aufspringen, nach vorn rennen und tanzen können.
„Herr Kollege, ich würde den Schülern jetzt gern einen bemerkenswerten Film über einen untergehenden Inselstaat in der Südsee zeigen. Du kannst dich gerne dazusetzen."
Herr Peters winkte ab. Jetzt wanderte sein Blick über die Tische mit den Zetteln. Beim Weg zur Tür nahm er sich wortlos von Farahs Tisch einen Flyer und – den Brief von Gott.
Jonathan stockte kurz der Atem. Sein Plan für morgen war im Eimer! Allerdings konnte er das gelassen nehmen. Denn nach Klaras Nachricht spielte sein Plan jetzt ohnehin keine Rolle mehr.

7

„*Morgen früh: Aktion verrammelte Schule. Wir ziehen das durch! Komm heute Abend unbedingt zu mir. 19 Uhr. Du kannst bei uns essen. Bergstraße 7. Klara :-)*“
Wie schwerelos war Jonathan von der Schule nach Hause geschwebt, hatte in seinem Zimmer Klaras Nachricht ungefähr hundertmal gelesen und das Smiley am Ende der Nachricht angelächelt. Er hatte seiner Mutter gesagt, er gehe zu Gustav, es würde spät werden und nun war er da: der Abend bei Klara.

☮

Alle hatten ihn begrüßt, als gehörte er zur Familie. Nun saßen sie um einen großen, runden Esstisch herum. Klara, ihre Eltern, ihre drei Geschwister. Und er als siebter dazwischen.
„Toll, dass du Klara hilfst“, sagte ihr Vater freundlich und zeigte auf die Gemüseplatte in der Mitte des Tisches. „Lang zu!“
Klaras Schwester begann, über den ökologischen Fußabdruck verschiedener Nahrungsmittel zu reden. Ihr Bruder konnte die CO_2-

Emissionen aller Verkehrsmittel aufsagen und Klaras Mutter schwärmte von der neuen Heizung, die mit Erdwärme betrieben wurde.
„*Aber ich warne dich!*“, hatte Klara ihm noch geschrieben. „*Meine Family ist wirklich sehr speziell!*“ Damit hatte sie wohl Recht.
Noch vor einer Woche hätte Jonathan diese Familie wahrscheinlich als krank bezeichnet. Doch in diesem Moment konnte er sich keine liebenswertere vorstellen. Wahrscheinlich auch, weil es Klaras Familie war. Es kam ihm vor, als sei er auf einem Planeten gelandet, auf dem die Atmosphäre aus Achtsamkeit und reinem Glück bestand. Bemerkenswert war auch, dass Klaras Eltern nicht nur von der geplanten Schulblockade wussten, sie standen sogar dahinter.
„Natürlich unterstützen wir Klara“, sagte der Vater. „Sie setzt sich für eine gute Sache ein.“
„Nun tu doch nicht so, als sei das eine Heldenleistung“, sagte die Mutter. „Jonathans Eltern unterstützen ihn ja wohl auch.“
Jonathan sah bedrückt auf seine frittierten Zucchini. Es tat weh, zu erkennen, wie unterschiedlich Familien sein konnten.
Klaras Mutter schwieg verlegen.

„Wir müssen jetzt mal anfangen“, sagte Klara und stand auf.
Klaras Mutter holte weiße Laken und legte sie auf den Boden. Der Vater half beim Zerschneiden und Zusammennähen zu einem sechs Meter langen Transparent.
„Warum hilft Mario eigentlich nicht mit?“, fragte der Vater.
„Der ist heute bei der XR“, antwortete Klara.
„Ein engagierter Mensch“, sagte der Vater.
„Mario wird bestimmt mal Bundeskanzler.“
„Hol mal bitte die Farbe, Papa“, erwiderte Klara etwas genervt, woraufhin der Vater aufstand und in den Keller ging.

☮

Klara hatte ein winziges Zimmer unterm Dach. Ihr Bett war in eine Dachschräge hineingebaut. Der Platz zwischen dem Schreibtisch vorm Fenster und der Tür war gerade so groß, dass man zu zweit auf dem Boden sitzen konnte. Nach dem Beschriften des Transparents waren sie nach oben gegangen. Irgendwann hatte Klaras Mutter vorsichtig geklopft und den Nachtisch vor die Tür gestellt.
„Sojapudding“, stellte Klara fest. „Wie lecker!

Garantiert ohne tierisches Eiweiß und Zucker. Und garantiert ohne Geschmack." Sie lächelte Jonathan an. „Aber ich habe dich ja gewarnt."
„Ich finde deine Familie cool", sagte Jonathan.
Vor ihnen lag die dicke Fahrradkette von Klaras Bruder.
„Mario hat geschrieben, er ist morgen um Punkt sieben vor der Schule", sagte Klara.
„Und Mario meint, wir machen nur vorn den Haupteingang zu. Mario bringt noch Schilder mit."
Aha, dachte Jonathan. Mario. Mario. Mario.
War das jetzt eigentlich Marios Aktion?
Genau genommen, war es doch seine Idee gewesen.
„Sind wir eigentlich nur zu dritt?", fragte er.
„Wir hoffen halt, dass sich ganz viele dazusetzen. Und dann gehen alle um 9 Uhr geschlossen zur Demo."
Jonathan sah auf das dicke Schloss und war sich plötzlich nicht mehr so sicher, ob das Gefühl, dass die Idee mit der Schulblockade von ihm kam, ein angenehmes Gefühl war.
„Das ist aber schon eine krasse Nummer."
Er sah Klara an. Was dachte sie? Vielleicht konnte man das Ganze auch noch abblasen.

„Lass uns einfach daran denken, dass wir das für die gesamte Menschheit tun." Klara hielt ihm einen Löffel mit Pudding vor den Mund. „Wenn du willst, kannst du auch bei uns übernachten. Für unser Gefühl ist es bestimmt besser, wenn wir morgen früh gemeinsam zur Schule gehen."

Jonathan öffnete den Mund. Seine Zweifel lösten sich gerade auf. Er spürte, wie der Sojapudding glücklich seine Speiseröhre hinunterglibberte. Na klar! Es gab nichts auf der Welt, das sein Gefühl gerade mehr verbessern konnte, als dieses Angebot.

„Willst du?", fragte Klara.

Jonathan konnte ein zustimmendes Lächeln nicht unterdrücken.

„Also, natürlich im Gästezimmer", sagte sie.

„Natürlich", bestätigte Jonathan.

8

Die halbe Nacht hatte er in einer Polizeizelle zugebracht. Hoch oben ein vergittertes Fenster. Darunter eine metallene Pritsche. Dann wurde die Tür aufgesperrt. Der Wärter hatte Ähnlichkeit mit seinem Vater. Jonathan hatte gehofft, dass man Klara bringen würde. Aber statt Klara wurde Herr Schewe hereingeführt. Der redete mit irgendwelchen neuen Erkenntnissen über die Tuvalu-Inseln auf ihn ein. So ein bescheuerter Traum, dachte Jonathan. Dass Klara ihn mit einem sanften Kuss wecken würde – dieser Traum erfüllte sich leider nicht. Sie klopfte nur leise gegen die Tür des Gästezimmers.
„Aufstehen, Jonathan! Wir müssen los!"

☮

Um kurz vor sieben waren sie vor der Schule. Klara breitete das Transparent auf der Treppe aus und beschwerte es mit ein paar Steinen.
„Schule heute geschlossen! Die Lehrer finden ihre Klassen auf der Großdemo am Hauptbahnhof."

Mario befestigte Schilder an den Fenstern neben dem Eingang. „*Wir streiken fürs Klima!*“ Er erzählte, dass er jemandem von der Presse einen Wink gegeben hätte. Nun stand Jonathan mit Klara vor der Eingangstür. Das massive Kettenschloss, das Klara in der Hand hielt, war mehr als ein symbolischer Verschluss. Klara zögerte. Erst jetzt schien ihr bewusst zu werden, was sie hier vorhatten. Sich vor ein Transparent mit einem lustigen Spruch vor die Schule zu setzen, war das eine. Die Schultür mit einem dicken Schloss zu verrammeln, das vielleicht durch die Polizei geöffnet werden würde, das war schon eine ganz andere Hausnummer.
„Angst?“, fragte Jonathan.
„Willst du?“, erwiderte Klara und schaute ihn an.
Ja, sie hatte Angst. Jonathan lächelte Klara an, als stünden sie vor dem Traualtar. Ja, dachte er. Ja, ich will. Er nahm ihr liebevoll das Schloss aus der Hand, schlang es durch die Türgriffe und ließ die beiden Enden ineinanderschnalzen.

☮

Als Erstes war der Hausmeister aufgetaucht, um kurz vor halb acht. Er hatte einen Blick auf das Schloss geworfen, ohne ein Wort zu den drei vor dem Eingang sitzenden Schülern zu sagen, und sich mit dem Telefon am Ohr wieder entfernt. Dann waren die ersten Lehrer gekommen. „Oh, heute kein Unterricht!" Ihre Kommentare wirkten amüsiert, empört reagierte keiner.
Ein paar Dutzend Schüler hatten sich vor das Transparent auf die Stufen gesetzt. Etwas weiter weg sah man Herrn Schewe mit anderen Lehrern diskutieren. Man hörte vor allem die Stimme von Herrn Peters. Dann kam Herr Schewe, hielt beide Daumen hoch und setzte sich zu den Streikenden vor das Transparent.
Um zehn vor acht kam der Hausmeister zurück. Zusammen mit Frau Saalmann und einer dicken Akkubohrmaschine. Eine Minute später war die Schultür geöffnet.
Die Schüler strömten in die Schule, als gäbe es nichts Schöneres als Unterricht.
Dann kam Herr Peters und stellte sich vor die sitzenden Schüler.
„Streik ist das denkbar schlechteste Mittel gegen den Klimawandel", erklärte er. „Vor

allem wenn man dadurch hunderte Schüler vom Lernen abhält. Schließlich seid ihr diejenigen, die irgendwann einmal etwas gegen die CO_2-Emissionen erfinden müssen. Dann gibt es auch noch die Schulpflicht und außerdem gleich eine Biologiearbeit!“ Beim letzten Wort sah er Jonathan ins Gesicht.

7 Uhr 58. Die noch ungefähr 30 sitzenden Schüler erhoben sich nacheinander in kleinen Grüppchen. Wie programmierte Lernroboter standen sie auf und liefen in die Schule an den für sie vorbestimmten Platz. Wahrscheinlich hatte der Unterricht nie pünktlicher begonnen.
Auch Herr Schewe verabschiedete sich, hielt noch einmal seine Daumen hoch. Als Lehrer dürfe er leider nicht streiken, was er bedauere, aber das sei nun einmal so.
Am Ende saßen sie nur noch zu fünft vor dem Transparent. Mario, Klara und er – und etwas abseits Lisa und Farah. Keine Polizei. Keine Kamerateams. Von Marios Reporter keine Spur. Nur noch Frau Saalmann. Sie erklärte ihnen gelassen, dass das für die Drahtzieher

selbstverständlich ein Nachspiel haben würde, und ging dann ins Schulhaus.

Klara war den Tränen nah. Jonathan überlegte, ihre Hand zu nehmen. Doch Mario war schneller. Er stand auf und nahm sie in den Arm. Sie legte ihren Kopf an seine Schulter und weinte.

9

Auf dem Platz vor dem Hauptbahnhof standen die Leute dicht beieinander. Jonathan sah Hunderte von hochgehaltenen Schildern.
„Unsere Zukunft gehört uns!"
„Wir streiken, bis ihr einlenkt!"
„Opa, was ist ein Schneemann?"
Zwei Seiten des Platzes waren eingefasst von einer Kette unzähliger Polizeiwagen.
Jonathan stand am Treffpunkt. Mario hatte gemeint, dass man nun auch getrennt zur Demo fahren könnte, und hatte sich auf sein Fahrrad geschwungen. Klara war ihm hinterhergeradelt und hatte noch gerufen, dass sie sich an der Dönerbude treffen würden. Daraufhin hatten sich Lisa und Farah ebenfalls auf den Weg gemacht.
Jonathan hatte noch überlegt, doch zur Bioarbeit zu gehen. Er hatte das Transparent vor der Schule zusammengerafft, in einen Mülleimer gestopft und dann war es für die Arbeit ohnehin zu spät gewesen.
Und nun stand er hier. Mittendrin. Er drehte

sich zu Lisa und Farah um. „Habt ihr keine Sorgen wegen des Ärgers?"
„Wir wissen ja, warum wir das machen", sagte Farah. „Und wir wissen auch, weswegen du plötzlich zum Klimaaktivisten mutiert bist."
„Wir sind ja nicht blöd", ergänzte Lisa und schaute zu Klara, die sich ihnen gerade näherte.
„Ich musste noch im Gemeindezentrum vorbei", sagte sie und hielt das zusammengerollte Transparent hoch. Ihre Enttäuschung über die gescheiterte Aktion schien sie schon verarbeitet zu haben.
„Halte mal bitte", sagte sie und drückte Jonathan eine Ecke des Lakens in die Hand.
„Klima geht vor Schule!", las Jonathan.

☮

Am anderen Ende des Platzes war eine Bühne aufgebaut, auf der eine Band spielte.
„Gleich redet Mario", sagte Klara. „Er meinte gerade, es seien höchstens 5 000 Leute hier. Das sind viel zu wenige! In Hamburg gibt es 120 000 Schüler."
Sie schaute gespannt zur Bühne, auf der die Musiker gerade ihre Instrumente weglegten.

Jetzt erschien Mario und drehte sich das Mikrofon zurecht.
„5 000 sind heute hier“, schallte es über den Platz. Mario breitete seine Arme aus. „Das ist gigantisch!“
Die Leute johlten.
„Aber 115 000 sitzen jetzt auch in den Schulen und lernen Plusquamperfekt, Fotosynthese und Prozentrechnung. Ich sage euch: Ihr gehört zu den vier Prozent Schülern hier in Hamburg, denen die Zukunft dieses Planeten nicht scheißegal ist!“
Der Platz johlte wieder und applaudierte.
„Echt cooler Typ“, sagte Lisa.
Prozentrechnen kann er jedenfalls, lag Jonathan auf der Zunge.
„Ich will euch von einem Experiment erzählen“, sprach Mario weiter. „Setzt man einen Frosch in einen Topf mit kaltem Wasser und schüttet heißes hinzu, so springt der Frosch auf der Stelle hinaus.“
Mario machte eine Pause. Jonathan wusste, wie es weiterging. Herr Schewe hatte vor ein paar Wochen einen kurzen Film zu dem Experiment gezeigt. Vermutlich hatte Mario auch bei Schewe Erdkunde.

„Wenn man aber den Topf auf dem Herd langsam erhitzt, so springt der Frosch nicht heraus. Er bleibt im Topf sitzen und stirbt im kochenden Wasser."
Jetzt herrschte Stille auf dem Platz, die Mario geschickt auskostete.
„Was will ich euch damit klarmachen?" Er legte schon wieder eine Pause ein. „Nun: Die Menschen verhalten sich wie Frösche. Die Welt geht durch den Klimawandel nicht unter wie bei einem Asteroideneinschlag. Es ist ein schleichender Tod. Jahr für Jahr wird es ungemütlicher. Aber wir – wir werden uns anders verhalten als Frösche! Wir werden etwas tun! Wir werden der Zukunft ins Auge schauen und ‚Stopp' rufen! Immer lauter werden wir ‚Stopp' schreien. So laut, bis die Politiker auf der ganzen Welt verstanden haben, dass der Topf, in dem wir sitzen, bereits zu kochen beginnt. Ich danke euch fürs Zuhören!"
Der Platz explodierte vor Gejohle. Mario stolzierte von der Bühne. Klara hatte sich den Lakenzipfel zwischen ihre weißen Zähne gesteckt, um aus Leibeskräften mitzuklatschen.

Der Marsch setzte sich in Bewegung. Es ging zum Rathausmarkt, wo noch eine Kundgebung stattfinden sollte. Klara lief vier Meter von ihm entfernt, am anderen Ende des Transparents. Eine Kette Hunderter Polizisten in Kampfausrüstung säumte den Demonstrationszug. Das war Angst einflößend. Gegen wen wollten die Polizisten denn kämpfen? Jedenfalls war nachvollziehbar, weshalb 115 000 Schüler es vorzogen, in der Schule zu sitzen, anstatt bei 37 Grad in praller Sonne zwischen Einheiten der Polizei über den heißen Asphalt zu laufen und sich wütende Kommentare der Passanten anzuhören. Wenn sie über eine Kreuzung liefen, sah man in den Seitenstraßen die langen Staus wartender Autofahrer. Einige waren ausgestiegen und brachten ihre Wut lautstark zum Ausdruck. Mittlerweile hatte ein Sprechchor eingesetzt.

„Wir – sind – hier, – wir – sind – laut, – weil – ihr – uns – die – Zukunft – klaut!“

Jonathan schrie nicht mit. In sich versunken, schwamm er zwischen den Tausenden Leuten als treibende Boje mit.

Warum war er überhaupt hier? Weder durch seine Anwesenheit noch durch die gesamte Demo würde sich der CO_2-Ausstoß auf der Welt auch nur um ein Milligramm reduzieren. Für Klara war er ein x-beliebiger Demonstrant. Das einzig Sichere war: die Sechs in der Bioarbeit. Und das Nachspiel in der Schule.

☮

Am Rathausmarkt kam der Demonstrationszug wieder zum Stehen.
Klara drückte Farah ihren Lakenzipfel in die Hand und kam zu ihm. „Du wirkst so nachdenklich", sagte sie.
Jonathan nickte stumm. Er dachte kurz daran, Klara sein Lakenende zu geben und nach Hause zu fahren. Doch dann tat Klara etwas, das er nach allem ganz und gar nicht mehr erwartet hatte. Es tröstete ihn sogar darüber hinweg, dass Klara es war, die plötzlich ohne ein weiteres Wort verschwand. Und es sorgte dafür, dass Jonathan wie auf einer rosa Wolke nach Hause schwebte.

10

Kohlekraftwerke abzuschalten, dauerte 30 Jahre. Krebserregende Pflanzenschutzmittel verbieten: zehn Jahre. Eltern bei der Schulleitung vorzuladen, weil ihre Kinder zur Verhinderung des Klimatods ein Fahrradschloss vor die Schultür gehängt hatten – das dauerte genau drei Stunden.

Als Jonathan am Freitag nach der Demo nach Hause gekommen war, hatte ihn seine Mutter mit einem Katalog von Fragen empfangen. Wo er die Nacht zugebracht hätte und weshalb sie und Papa eine Einladung für Montag bei der Schulleiterin hätten.

Frau Saalmann hatte wohl nur Andeutungen gemacht und Jonathan hatte seine Eltern über das Wochenende nur häppchenweise mit Informationen gefüttert. Das dicke Ende würde ohnehin kommen. Höchstwahrscheinlich würde er von der Schule fliegen.

Das ganze Wochenende hatte sich so angefühlt, als liefen zeitgleich zwei komplett unterschiedliche Filme. Der eine war ein Horrorfilm mit ungewissem Ende, wobei

sich der Gedanke an den Verweis von der Schule immer mehr festigte. Der andere war ein Liebesfilm, ebenfalls mit ungewissem Ausgang.
„Nicht verzweifeln!“, hatte Klara ihm am Freitag liebevoll ins Ohr geflüstert und ihm einen Kuss auf die Wange gegeben. Die Erinnerung an diese drei Sekunden hatte Jonathan die letzten drei Tage am Leben gehalten.
Und auch heute in den ersten vier Stunden Unterricht schaltete sein Gehirn noch zwischen diesen beiden Filmen hin und her.
Als Gustav sagte: „Jona, dein Vater steht mit seinem fetten Schlitten vor der Schule“, da wusste er, dass es gleich zwölf war und er statt Mathe jetzt ein Gespräch hatte.

☮

Jonathan betrat das Zimmer der Schulleiterin. Alle saßen bereits um einen runden Tisch beisammen. Frau Saalmann, seine Eltern und Herr Peters. Jonathans Herz wummerte seit einer halben Stunde. Jetzt fühlte es sich so an, als ob es zwischendurch stehen blieb.
Er setzte sich auf den freien Stuhl.
Frau Saalmann kam gleich zur Sache.

„Fangen wir von vorn an“, sagte sie. „Eine gefälschte Entschuldigung.“ Sie schob seinen Eltern den Brief von Gott über den Tisch zu. „Dann ein Aufruf zum Schuleschwänzen.“ Sie hielt den Flyer für die Demo hoch. „Und zu guter Letzt das hier.“ Sie zeigte auf das geknackte Fahrradschloss in der Mitte des Tisches.
„Über das Schreiben von Gott kann man, für sich betrachtet, vielleicht noch schmunzeln“, sagte sie. „Allerdings ist der Aufruf zur Verletzung der Schulpflicht schon eine Ordnungswidrigkeit und die Verriegelung der Schule bereits versuchte Nötigung, womit wir, genau genommen, schon bei einer Straftat wären.“ Frau Saalmann schaute in die schweigende Runde. „Wie soll das weitergehen?“, fragte sie und sah schließlich zu Jonathan.
Jonathans Zunge klebte im ausgetrockneten Mund fest. Seinen Eltern hatte er erzählt, dass er „bei so einer Aktion“ mitgemacht hätte. Sein Vater hatte versucht, ihn zu beruhigen, allerdings kannte der ja auch nur die halbe Wahrheit.
„Jonathan, rede!“, sagte Herr Peters.
Jonathan wollte gerade seine vertrocknete

Zunge vom Gaumen lösen, doch sein Vater kam ihm zuvor.
„Das ist der Erdkundelehrer. Dieser Herr Dings. Der stachelt die Schüler doch regelrecht auf."
Frau Saalmann wechselte Blicke mit Herrn Peters. „Darüber wird an anderer Stelle sicherlich zu sprechen sein", sagte sie. „Heute ist aber der Tag, an dem wir über Jonathan reden wollen und nicht über einen abwesenden Kollegen."
„Ich verstehe ja", ergriff Herr Peters das Wort, „dass du Klara Kalinski gefallen möchtest." Er verzog sein Gesicht zu einem kumpelhaften Grinsen. „Sie ist schließlich ein hübsches, intelligentes Mädchen."
„Wer ist Karla Kosinski?", fragte sein Vater.
Herr Peters hob die Augenbrauen und sah wieder zu Frau Saalmann.
„Dein Klassenlehrer erzählte mir, du seist ein interessierter und unauffälliger Schüler." Sie nahm das Fahrradschloss in die Hand. „Wir können uns vorstellen", sagte sie langsam, „dass diese Aktion hier nicht auf deinem Mist gewachsen ist."
Jonathan spürte, wie sich all seine Gefühle

verquirlten. Angst und Erleichterung, Verachtung und Hilflosigkeit, Kraftlosigkeit und Empörung. Soeben wurde ihm klar: Er saß hier nicht in erster Linie als Täter. Er wurde nicht als Schuldiger gebraucht, sondern als Zeuge. Einer, den man gehörig einschüchterte, damit er ihnen einen anderen ans Messer lieferte.
„Doch“, hörte Jonathan sich plötzlich sagen.
„Aha“, sagte Frau Saalmann ungläubig.
„Hatte nicht vielleicht Mario Hopp die Idee dazu? Und du hast nicht vielleicht bloß mitgemacht, weil Klara Kalinski mit dabei war?“
„Es war meine Idee“, sagte Jonathan.
Sein Vater sah besorgt zur Mutter. „Jonathan“, sagte er eindringlich. „Du merkst doch: Die Lehrer hier wollen dir nicht ans Bein pinkeln. Nun pack doch aus und alles wird wieder gut.“
Jetzt mixte sich noch Scham hinzu. Die Ausdrucksweise seines Vaters war peinlich. Der verstand nicht im Geringsten, was hier los war. Jonathan schwieg weiter und spürte, dass die Erwachsenen das so verstanden, als hätte er ein schlechtes Gewissen. Aber das hatte er mit einem Mal gar nicht mehr. Lieber ein aufrichtiger Täter, dachte er, als

ein gepeinigter Zeuge. Mit trockener Zunge erzählte er, dass er das Verrammeln der Schule auf einem Treffen der Fridays-for-future-Gruppe vorgeschlagen hatte. Er habe die Aktion mit Klara vorbereitet, aber er sei es gewesen, der letztlich auch das Fahrradschloss vor die Tür gehängt hätte. Die Erwachsenen wechselten Blicke. *Hörten sie ihm überhaupt zu?*
„Wir müssen nun eine Maßnahme beschließen", sagte Frau Saalmann. „Ich habe gleich das nächste Gespräch. Was schlägt denn der Klassenlehrer vor?"
Herr Peters erklärte, dass Jonathan alt genug sei, um Verantwortung für sein Handeln zu übernehmen. Allerdings sei er im Augenblick wohl in einer Phase, in der er sich leicht beeinflussen lasse. Er sei bisher ein weitgehend vernünftiger Schüler gewesen, nun aber etwas über das Ziel hinausgeschossen.
Frau Saalmann nickte. Seine Eltern nickten mit. Herr Peters schlug schließlich vor, dass Jonathan in den kommenden Tagen die Bio-Arbeit nachzuschreiben und sich außerdem in einem Brief von mindestens einer Seite

für sein Verhalten zu entschuldigen hätte.
„So machen wir das!", sagte Frau Saalmann, sah auf ihre Uhr und stand auf.

☮

Jonathan kehrte in den Unterricht zurück und setzte sich still auf seinen Platz.
„Und?", flüsterte Gustav. „Fliegst du?"
Jonathan reagierte nicht. Er sah zur Tafel. Das Geschehene musste er verarbeiten. *Für sein Verhalten entschuldigen*? Lieber hätte er eine fette Strafe bekommen. Das wäre ein Zeichen gewesen, dass man ihn ernst nahm. Stattdessen hatte man ihn für unmündig erklärt. Als unzurechnungsfähig. Als beeinflusstes Kind. Und dann wurde ihm klar, dass das eigentlich die Höchststrafe war. Er nahm seine Sachen aus der Tasche und schrieb die Matheaufgabe von der Tafel ab.

11

„*Um 18 Uhr im Green Village?*“, lautete Klaras Nachricht.

„*Unbedingt!*“, antwortete Jonathan und hängte einen lachenden Smiley und eine Kämpferfaust dran.

Er spürte neue Kraft. Klara war mit ihren Eltern am Nachmittag bei Frau Saalmann gewesen. Es gab eine Menge zu erzählen. Er würde sich jedenfalls nicht als unzurechnungsfähig erklären lassen. Im Gegenteil! Er hatte getan, was er tun musste! Das würde er auch in seinem Brief klarstellen. Der Gedanke machte ihn stolz. Außerdem hatte er vor der Saalmann die Wahrheit erzählt und dadurch Klara entlastet. Sie beide waren nun unwiderruflich miteinander verbunden. Verschweißt. So fühlte es sich an.

☮

Jonathan setzte sich an den Tisch, an dem sie neulich schon gesessen hatten. Die Bedienung brachte die beiden Green-Smoothie-Spezial. Jonathan schaute aus dem Fenster.

„*Sorry, komme 15 Minuten später*“, leuchtete Klaras Nachricht auf seinem Display. „*Kein Problem*“, tippte er mit einem winkenden Smiley am Ende.
Sie würden sich nicht einschüchtern lassen. Weiterkämpfen. Gemeinsam. Er hatte schon ein paar Einfälle. Klara würde begeistert sein. Sie würde ihn anlächeln und dann, in einem geeigneten Moment, würde er sie küssen. Aber nicht bloß auf die Wange. Jonathan sog am Strohhalm.
Klara erschien vor dem großen Panoramafenster. Sie trug ein grünes Oberteil und strich sich ihre braunen Haare aus dem Gesicht. Sie sah verträumt aus, ernst.

☮

Klara wirkte niedergeschlagen. Oder nachdenklich. Irgendwie anders, aber eigentlich so geheimnisvoll wie immer. Sie sei ohne Strafe aus dem Gespräch gegangen, erzählte sie, und sie müsste auch keinen Entschuldigungsbrief schreiben. Das hätte allerdings weniger daran gelegen, dass sie so gut im Unterricht sei, sondern mehr daran, dass sich ihre Eltern richtig ins Zeug gelegt hätten. Ihre Mutter sei

ja Rechtsanwältin und hätte Frau Saalmann mit irgendwelchen Paragrafen in die Zange genommen.
„Cool“, sagte Jonathan. Er hatte nicht zum ersten Mal den Gedanken, dass es toll wäre, wenn man Eltern tauschen könnte.
„Mir war das sehr unangenehm“, sagte Klara. „Für Mario ist es nicht so gut gelaufen. Er hat keine Eltern, die für ihn kämpfen. Die haben sich nicht mal blicken lassen. Die Saalmann hat ihm einen Schulverweis angedroht, falls er sich in der Schule weiterhin politisch betätigt.“ Klara schaute betroffen, doch dann lächelte sie plötzlich. „Aber Frau Saalmann hat mir erzählt, dass du mich in Schutz genommen hast“, sagte sie. „Das war voll süß von dir!“
„Kein Problem“, sagte Jonathan verlegen und trank schnell einen Schluck.
Klara lächelte immer noch. Verdammt! Er hatte noch nie ein Mädchen geküsst. Und das mit 15.
Klara saß ihm direkt gegenüber. Aber ihr Mund war einen guten halben Meter entfernt. Er müsste sich über den Tisch lehnen. Und irgendwie musste man dann den Kopf drehen,

damit die Nasen nicht zusammenstießen. Er beugte sich leicht vor und wartete, dass Klara ihm entgegenkam. Doch stattdessen sog Klara an ihrem Strohhalm.
„Hey, ich hatte übrigens ein paar Einfälle“, sagte Jonathan. „Ein paar lustige Aktionen.“
Unter dem Vorwand, dass ihn die Sonne blenden würde, wechselte er seinen Sitzplatz und hatte dadurch bestimmt 30 Zentimeter gewonnen, was den zweiten Versuch leichter machen würde.
„Wir können vor der Schule 100 vertrocknete Bäume pflanzen“, erzählte er, „und Schilder an die Autos der Lehrer kleben mit der Aufschrift ‚*Euer Benzin für unser Wasser*‘. Oder in der Schulmensa zu einem Fleischboykott aufrufen. Eine Stinkbombe zünden. Das Methan, das bei den Kühen hinten rauskommt, ist schließlich 20-mal klimaschädlicher als Kohlendioxid.“
Klara lächelte kurz, dann nahm ihr Gesicht wieder einen geheimnisvollen Ernst an.
„Jonathan“, sagte sie. „Ich glaube, ich mache erst mal keine Aktionen mehr.“
Jonathans Gesicht fror ein.
„Ich habe am Wochenende viel nachgedacht.

Ich will mich wieder mehr auf die Schule konzentrieren. Ich will studieren. Ich möchte mal einen Beruf, in dem ich wirklich etwas bewegen kann. Dazu brauche ich einfach einen sehr guten Abschluss."
Jonathan fühlte sich wie ein Kind, dem man gerade erklärt hatte, dass es den Weihnachtsmann in Wirklichkeit gar nicht gab. Hatte Klara bisher nicht das genaue Gegenteil vertreten? War sie vielleicht von der Saalmann oder ihrer Klassenlehrerin einfach extrem unter Druck gesetzt worden? Wie war ein solcher Wandel zu erklären?
„Die Entscheidung kommt von mir", sagte Klara, als hätte sie seine Gedanken erraten. „Nicht von den Lehrern und auch nicht von meinen Eltern."
Vielleicht war Klara auch einfach nur deprimiert, dachte Jonathan. Wenn er sie jetzt in den Arm nähme, sie küsste, würde sie sich vielleicht wieder in die alte Klara verwandeln. Er nahm seinen Mut zusammen, legte seinen Arm um ihre Schulter und zog Klara leicht zu sich heran. Sie schmiegte sich in seine Seite. In Jonathan stieg ein wohliges Gefühl auf. Allerdings senkte Klara ihren Kopf, sodass er

höchstens ihre Haare hätte küssen können. Jetzt hob sie ihren Kopf wieder und sah ihm in die Augen. Jetzt!, dachte Jonathan, drehte seinen Kopf zur Seite und bewegte ihn auf Klaras Gesicht zu.

„Und noch etwas wollte ich dir sagen, Jonathan." Sie nahm seinen Arm von der Schulter und legte ihn sanft auf die Tischplatte. „Ich habe mitbekommen, dass du in mich verliebt bist", sagte sie. „Aber ich will nicht, dass du dir Hoffnungen machst."

„Ich?", entgegnete Jonathan. „Hoffnungen?" Er tat erstaunt und ärgerte sich im gleichen Moment über sich selbst. Anstatt Klara aufrichtig seine Zuneigung zu gestehen, tat er so, als sei das alles ein dummes Missverständnis. Und während seine eine Gehirnhälfte ihm diktierte, sich wie ein 13-Jähriger zu verhalten, schrie ihm die andere Gehirnhälfte zu: *Du bist ein vollkommener Idiot!*

„Ich bin schon seit Monaten in Mario verliebt", sagte Klara. „Aber da läuft nichts. Er hält mich auf Abstand." Sie sah nach unten. „Ich weiß, das ist bestimmt hart für dich. Ich höre auch mit der Gruppe auf. Für dich muss es schwer sein, mich da zusammen mit Mario zu sehen. Und ich habe doch bemerkt, wie wichtig dir die Gruppe ist."

☮

Sein Fahrrad schob er nach Hause. Den Zusammenbruch einer Welt aus Hoffnung und Liebe verarbeitete man nicht bei 30 km/h. Dass es mittlerweile regnete, störte ihn nicht. Das passte eher. Dunkle Wolken hingen am Himmel. Die Luft war unerträglich schwül.

12

In den Nachrichten war vor Gewittern mit Starkregen und Sturm gewarnt worden. Dass es allerdings so schlimm werden würde, wurde erst in der Nacht klar.
Jonathan wachte durch einen auf- und abschwellenden Heulton auf. Als er hochschreckte, durchzuckte ein grelles weiß-blaues Licht sein Zimmer. Das Krachen des Donners folgte in so kurzem Abstand, dass Jonathan nicht dazu kam, die Sekunden zwischen Blitz und Donner zu zählen, um die Entfernung des Gewitters abzuschätzen. Der Regen prasselte gegen die Fensterscheiben.
Jonathan drückte den Schalter an seiner Nachttischlampe. Sie ging nicht an. Er hörte, wie seine Eltern durch den Flur rannten.

☮

Unten leuchtete sein Vater mit einer Taschenlampe. Im Haus war es dunkel.
„Stromausfall", rief der Vater. Er öffnete die Haustür. Das Wasser peitschte wie aus einem Wasserschlauch herein. Der Regen war so

dicht, dass man nichts sah, außer Finsternis. Kein Haus beleuchtet, alle Straßenlaternen tot. Der Vater leuchtete kurz nach draußen. Vor den drei Treppenstufen zum Vorgarten sah man das Wasser stehen.
„Mach das Radio an", rief der Vater, „vielleicht kommt etwas in den Nachrichten."
„Sehr witzig", sagte Jonathan. „Wir haben keinen Strom. Ich habe nicht mal Handy-Netz."
Sein Vater wirkte fassungslos. Er lief zur Küchenspüle und probierte aus, ob das Wasser noch lief. Als ob Wassermangel im Moment ein Problem wäre.
Sein Vater leitete eine Abteilung seiner Firma. Er brüstete sich oft damit, wie er dort alles unter Kontrolle hätte. Hier hatte er im Moment nichts unter Kontrolle. Das merkte er selbst.
„Was können wir denn machen?", fragte die Mutter und reichte dem Vater ein Handtuch.
„Nichts", sagte der Vater und trocknete sich das Gesicht ab. „Abwarten."

☮

Als die Sonne aufging, wurde das ganze Ausmaß des Unwetters deutlich.
Jonathan war auf dem Sofa im Wohnzimmer

eingeschlafen. Um kurz vor fünf kam der Vater ins Haus. Er trug einen Regenmantel, Gummistiefel und einen Regenhut.
„Scheiße!“, rief er verzweifelt.
„Was ist?“, fragte die Mutter.
„Der Wagen ist weg.“
„Der Wagen ist weg?“, wiederholte sie.
„Weggespült“, schrie der Vater.
Sie stellten sich an die Haustür. Es regnete immer noch stark, aber nicht mehr so kräftig wie in der Nacht. Die leicht abschüssige Straße war zu einem Fluss geworden, der direkt hinter dem Gartenzaun vorbeifloss.
„Strom, Handy, immer noch alles tot“, sagte der Vater. „Haben wir ein paar Vorräte?“

Jonathan lehnte sich auf das Fensterbrett und schaute nach draußen. Dort sah er etwas, was unter normalen Umständen ein sicherer Hinweis gewesen wäre, dass er sich gerade in der tiefsten Phase eines Traums befand. Doch das da draußen war die Wirklichkeit. Dort, wo gestern noch Autos geparkt hatten, fuhr ein Boot vorbei. Und auf dem Boot stand ein Feuerwehrmann mit einem Megafon.

13

Am Nachmittag war Jonathan nach draußen gegangen. Barfuß. Das Wasser ging ihm bis zum Knie. Quer über die Straße lagen Bäume. Den Stürmen im Herbst hielten sie stand. Aber im Sommer boten die bewachsenen Kronen eine viel größere Angriffsfläche. Weiter unten in einer Senke waren ungefähr 20 Autos zusammengeschoben. Aus der Entfernung sah es so aus, als hätte ein wütendes Kind seine Spielzeugautos auf einen Haufen geschmissen. Jonathan hatte sich nie vorstellen können, dass ein Auto schwimmen konnte. Es war doch aus Metall. Aber tatsächlich schlossen Autotüren so dicht, dass die Fahrzeuge ab einem gewissen Wasserstand zu Schwimmkörpern wurden.
Es waren Bilder wie aus einem weit entfernten Katastrophengebiet.

☮

Zum Abendessen gab es Knäckebrot mit Marmelade. Was nützten Nudelvorräte bei einem Herd ohne Strom? „Campingurlaub in den eigenen vier Wänden“, hatte der Vater gesagt und eine alte Campinglampe auf den Tisch gestellt. Sie spielten Würfelspiele. Zuletzt hatten sie zusammen gespielt, als Jonathan neun war. Als die Batterie nachließ, zündete die Mutter Kerzen an. Sein Vater vermutete, das Wasser in den Straßen liefe nicht ab, weil wahrscheinlich die Kanalisation verstopft sei.

☮

Am nächsten Morgen hatte Jonathan wieder Netz und ein Handy voller Nachrichten. Emma, die gegenüber der Schule wohnte, hatte Bilder geschickt und ein Video, wie ein Trupp Feuerwehrleute das Schulhaus leerpumpten. „*Schulfrei!*“, stand darunter. Gustav hatte geschrieben, er würde von Fußball auf Wasserball umsteigen.
Wie es Klara ging? Jonathan überlegte, ihr zu schreiben, tat es aber nicht. In einem Nachrichtenartikel las er, dass es sintflutartige Regenfälle gegeben hatte. Dass es in den meisten Teilen Hamburgs aber inzwischen wieder normal zuging, die Straßen seien überwiegend wieder frei. In seiner Gegend

könne das Wasser aber wegen zu kleiner Auffangbecken nicht abfließen. Jonathan klickte auf einen Artikel. *Kleiner Vorgeschmack auf die Zukunft*, lautete der Titel. Das Wetter spiele erneut verrückt, las Jonathan. Es sei unvorhersehbar, wann sich in Zukunft Hitze und Trockenheit mit weltuntergangsähnlichen Unwettern abwechseln würden. Sicher sei bloß, dass solche Extremwetterlagen zum Normalzustand werden würden.
Jonathan sah ein Video, in dem riesige Eismassen von einem Gletscher ins Meer stürzten. Dann einen Film mit der Simulation von Wasserständen.
Er hatte sich nie für das Klima interessiert. Die Arktis war weit weg. Die Filme von Herrn Schewe waren Schulstoff wie Grammatik oder Zellteilung. Unbrauchbar und lebensfern. Aber plötzlich war das Klima mit seinen düsteren Launen bei ihm angekommen.

☮

Jonathan verbrachte den Tag im Bett. Wie würde es in 20 Jahren sein, wenn er selbst vielleicht eine Familie hätte?

Wäre Hamburg dann unbewohnbar? Norddeutschland vom Meer verschlungen? Oder Deutschland eine unfruchtbare Wüste? Würde er mit seiner eigenen Familie auswandern müssen? Doch egal was käme, eines stand fest: In seiner Familie würde man zusammenhalten. Er würde sich Zeit nehmen für seine Kinder, egal wie schrecklich die Lebensumstände auch wären. Jonathan legte das Handy auf den Nachttisch, schloss die Augen und versank in einen erschöpften Schlaf.

☮

Es war ein Traum, in dem man träumte, dass man schlief. Und dann aufwachte. Um ihn herum waren Stimmen, leise und laute. Er lag in einem riesigen Zelt. Die Zeltplane wurde vom Wind gepeitscht. Unbekannte lagen auf Dutzenden von Liegen. Einige liefen aufgeregt herum. Für einen Augenblick tauchte Klaras Gesicht über ihm auf, sie gab ihm einen Kuss auf die Stirn. Rechts von ihm lag ein Kind, das unablässig weinte. „Warum, Papa?“, hörte er das Kind schluchzen. Jonathan kümmerte sich nicht darum. Er wollte weiterschlafen. „Papa, warum sind wir hier?“, rief links von ihm ein anderes Kind. Jonathan zog sich die Decke über den Kopf und hielt sich die Ohren zu. „Papa!“, schrie das weinende Kind verzweifelt und rüttelte ihn an der Schulter. „Papa, wann können wir wieder nach Hause?“ Jonathan schreckte hoch. Schlafende erwachten, wenn das Geträumte eine unerträgliche Wahrheit enthielt. Das war ein Schutzmechanismus des Gehirns. Was hatte er da nur geträumt? Er schloss wieder die Augen. Er wollte zurück in den Traum, so unangenehm er auch war. Er wollte dem Kind in dem Traum sagen, dass es ihm leidtäte. Aber es gelang ihm nicht.

☮

Der Traum ließ ihn den ganzen Morgen nicht los. Jonathan holte sich Papier und Stift ins Bett. ENTSCHULDIGUNG! schrieb er groß über seinen Brief an die Schule. Er schrieb, er wolle sich bei den Menschen entschuldigen, deren religiöse Gefühle er mit seinem Brief von Gott verletzt hätte. Gott schreibe nämlich in Wahrheit keine Entschuldigungszettel. Er schreibe leider überhaupt gar keine Briefe an die Menschen und täte auch sonst nichts

gegen den Wahnsinn, den seine Geschöpfe hier unten trieben. Und auch die Blitze und Donner der letzten Tage seien kein Zeichen von Gott, sondern allenfalls Botschaften aus einer finsteren Zukunft. Deswegen entschuldige er sich schon jetzt bei seinen Kindern dafür, dass er, Jonathan, bis auf ein Fahrradschloss an einer Schultür bisher nichts dafür getan habe, dass seine Kinder eine realistische Chance auf eine lebenswerte Zukunft hätten. Er bedauere diesen Fehler und verspreche, sich zu bessern.
Jonathan faltete den Brief zusammen, stand auf und steckte ihn in seine Schultasche.

14

Heute sollte wieder die Normalität beginnen. Über die Nachrichten wurde man informiert, dass der Schulbetrieb wieder aufgenommen wurde.
Sein Vater saß am Frühstückstisch und blätterte in einem Autokatalog. Die Versicherung würde den Neupreis des Wagens erstatten, erzählte er. Jonathans Mutter schlug vor, das Geld anstatt in einen Geländewagen lieber in Solarzellen auf dem Dach zu investieren. Dann hätte man bei der nächsten Katastrophe wenigstens Strom. Aber sie konnte sich nicht durchsetzen. Sie hatten gerade einen Vorgeschmack auf den Weltuntergang bekommen und seine Eltern unterhielten sich darüber, was man alles mit Geld anfangen konnte.
„Ich weiß gar nicht, was du hast, Jonathan“, sagte der Vater. „Solche Unwetter gibt es immer mal wieder, das ist normal. In den 60ern hat Hamburg schon einmal unter Wasser gestanden“, erzählte er, „das hat alles nichts mit dem Klimawandel zu tun. Und um sparsamere Autos und die verstopfte

Kanalisation werden sich die Experten schon kümmern."

„Mach dir keine Sorgen", sagte die Mutter und wollte Jonathan über den Kopf streicheln. Er wehrte ihre Hand ab.

Ja, so war er aufgewachsen: Bloß keine Sorgen machen! Aber genau damit hatte er nun begonnen: Er machte sich zum ersten Mal in seinem Leben Sorgen um seine Zukunft. War das ein Zeichen für Erwachsenwerden? Wohl kaum! Es waren die Erwachsenen hier im Raum, die sich wie sorglose Kinder verhielten.

„Welche Experten?", schrie Jonathan und stand auf. „Wo sind eure verdammten Experten?"

☮

Die Sonne schien hell und heiß, als sei nichts geschehen. Drei Tage war schulfrei gewesen. Jonathan kam es so vor, als läge der letzte Schultag ein ganzes Leben zurück. Die Tische und Stühle hatten die Aufräumkräfte in der Eingangshalle übereinandergestapelt. Die Schüler mussten sie selbst in die Klassenräume tragen.

Im Unterricht erzählte man sich, wie man die

Tage verbracht hatte. Nicht alle waren so lange eingeschlossen gewesen wie Jonathan. In Bio redete Herr Peters über die Vor- und Nachteile des Regens für die Pflanzen und darüber, wie ein Unwetter dieser Größenordnung die Wirtschaft ankurbeln würde. Farah fragte ihn, ob er Angst gehabt hätte. Herr Peters verneinte das. Er sei Naturwissenschaftler und halte Angst für ein Gefühl, das nur selten weiterhelfen würde. Dann kam wieder der Aufbau der Zelle und in Mathe der übliche Geometriekram.

☮

„Saalmann macht gleich eine Durchsage für Hitzefrei", sagte Gustav. „Övelgönne?"
Diese Normalität ängstigte Jonathan. Er wandte sich von Gustav ab. „Keine Zeit."
Er sah Klara durch eine andere Tür auf den Hof gehen. Jonathan machte einen Bogen um sie. Mit ihr gab es nichts mehr zu besprechen. Leider. Diese Einsicht fiel ihm schwer. Klara war einfach undurchschaubar.
Gestern hatte Jonathan sich auf der Homepage der Extinction Rebellion umgeschaut, der Gruppe, bei der Mario mitmachte. Das

schienen Leute zu sein, die ihr Leben dem Klimaschutz verschrieben hatten und dafür sogar Festnahmen durch die Polizei in Kauf nahmen. Diesen Menschen fühlte er sich im Augenblick um Lichtjahre näher als allen anderen um ihn herum, die an ihrer geliebten Normalität mehr hingen als an der unleugbaren Wahrheit. Ja, und sogar Mario fühlte er sich in diesem Moment auf merkwürdige Art verbunden. Sein Entschluss stand fest. Deswegen steuerte er auf den Kastanienbaum im Hof zu, unter dem Mario gerade saß.

15

Über einen kleinen Steg betrat Jonathan das riesige Hausboot in Wilhelmsburg, einem Bezirk im Süden der Stadt. „Sag lieber, du bist schon 16“, hatte Mario ihm empfohlen, weil die Aktionen in dieser Gruppe nicht immer ganz legal seien.

Jonathan ging an ein paar Leuten vorbei und betrachtete das Innere dieser riesigen schwimmenden Hütte.

„Hey! Du auch bei der XR?“ Das Mädchen, das ihn angesprochen hatte, berührte Jonathan am Arm. Er erkannte sie sofort wieder. Sie hatte beim Treffen der Fridays-for-future-Leute neben ihm gesessen.

Sie erzählte, das Unwetter hätte sie verändert. Drei Tage habe sie alles über den Klimawandel gelesen, über das Artensterben, die bevorstehende Katastrophe, die nur dann aufzuhalten sei, wenn man jetzt mit aller Kraft etwas dagegen täte. Und das wolle sie jetzt auch tun. Jonathan hörte ihr begeistert zu, im Grunde war es ja seine eigene Geschichte.

„Wir fangen an!“, rief Mario.

Die etwa 15 Leute hier waren alle älter, überwiegend Studenten. Sie saßen auf dem Holzboden im Kreis. Die Neuen sollten sich kurz vorstellen.
Das Mädchen hieß Nele. Sie war fast 17 und hatte gerade eine Ausbildung als Reisefachfrau in einem Reisebüro angefangen.
„Ich bin Jonathan“, sagte Jonathan, als er an die Reihe kam. „Ich bin 17 und will alles dafür tun, das Schlimmste zu verhindern.“
Alle klatschten. Jonathan hatte gehofft, auch als 17-Jähriger durchzugehen, und der Applaus schien das zu bestätigen. Nele neben ihm lächelte ihn an. Jonathan war glücklich, hier zu sein.
Mario stand auf. „Das Klima hat keinen Urlaub!“, sagte er. „Wir planen heute die Aktion am Hafen am ersten Ferientag in zwei Wochen.“
Auf der Webseite der XR hatte Jonathan gelesen, dass die XR-Leute auf der Straße immer wieder Die-Ins durchführten, also sich mit Kunstblut übergossen oder Särge über die Straße trugen. Schrille Aktionen, um die

Aufmerksamkeit der Öffentlichkeit und der Medien auf sich zu lenken.
Nele meldete sich. „Ich finde das unfassbar: Zwei Millionen Deutsche setzen sich jedes Jahr auf Kreuzfahrtschiffe. Eine Woche auf so einem schwimmenden Hochhaus entspricht dem CO_2-Verbrauch einer Person eines ganzen Jahres. Und bei den 40 Millionen Urlaubsflügen sieht es nicht anders aus."
Mario klatschte begeistert. Jonathan hatte ihn beobachtet, während Nele gesprochen hatte. Nele gefiel Mario offenbar.
„Wir wollen am Ableger der AIDA ein riesiges Spektakel mit einer Kundgebung machen", sagte ein Student.
„Die Zeit symbolischer Aktionen ist für mich vorbei", mischte sich Jonathan ein. „Transparente bewirken doch nichts."
Alle schauten ihn an.
„Wir könnten uns ein paar Schlauchboote besorgen", sprach Jonathan weiter. „Damit könnten wir das Auslaufen verhindern."
„Etwas heikel", bemerkte eine Studentin.
„Ich finde inzwischen auch", sagte Nele, „dass der Zweck die Mittel heiligt. Man könnte auch anonym bei der Polizei anrufen und

sagen, dass sich ein gefährliches Virus an Bord befände."
„Wir dachten mehr daran, den Platz vor dem Ableger zu beschriften", sagte die Studentin. „Zahlen und Fakten zum Klimawandel."
Zahlen und Fakten!, dachte Jonathan und schüttelte den Kopf. Das interessierte doch niemanden! Wenn man die Leute wachrütteln wollte, durfte man ihnen doch nicht mit Zahlen und Fakten kommen. Nele schien das Gleiche zu denken. Während ein Junge über seine Kontakte zu den Medien sprach, flüsterte sie ihm zu: „Hier ist noch einiges an Überzeugungsarbeit zu leisten."

☮

In Nele hatte er jemanden kennengelernt, bei der alles auf Anhieb passte. Sie fuhren gemeinsam zurück Richtung Innenstadt. Vor einer Green-Village-Filiale stieg Jonathan vom Fahrrad.
„Lass uns hier doch noch zusammen einen Smoothie trinken", sagte er. „Hast du Lust?"
Nele hatte. Und auch der Rest ging wie von selbst.

16

„Letzter Test vorm Notenschluss", verkündete Herr Schewe. „Ihr habt 20 Minuten Zeit." Er ging herum und legte jedem ein Blatt hin.
Nein. Jonathan hatte kein schlechtes Gewissen. Klara war in Mario verliebt. Sie hatte ihn abgewiesen. Und gestern Abend war alles verdammt schnell gegangen. Nele hatte beim Abschied vor dem Green Village einfach seine Hände genommen und ihn zu sich herangezogen. Jetzt wusste er, wie Küssen ging. Das Ereignis hatte er in seinem Kalender notiert.
„Aufwachen, Jonathan! Anfangen!" Herr Schewe klopfte auf seinen Tisch.
Jonathan beugte sich über den Test. Gustav hatte auch gerade erst seinen Namen auf das Blatt geschrieben und kaute an seinem Stift. Jonathan las die Aufgaben. Fragen zu Klimagasen und deren Auswirkungen auf die Atmosphäre. Kinderkram. Die letzte Aufgabe: *„Was würdest du persönlich gegen den Klimawandel tun?"*

Darunter zehn Schreiblinien. Jonathan schielte zu Gustav. Der schrieb gerade „nichts“ auf die erste Zeile, drehte sein Blatt um und lehnte sich zurück.
Jonathans Blick wanderte aus dem Fenster. Nele und er hatten die XR-Gruppe gerockt. Er hatte noch vorgeschlagen, am ersten Ferientag gleichzeitig eine Aktion am Flughafen zu machen. Mit einer einzigen ferngesteuerten Drohne könnte man den gesamten Flugbetrieb lahmlegen. Neles Vorschlag, dass sie sich in Leichensäcken vor das Terminal am Hafen legen könnten, kam bei einigen an, wurde aber letztlich abgelehnt.
Das alles könnte er jetzt Schewe hinschreiben. Der würde denken, dass er ihn auf den Arm nehmen wollte.
Im Green Village hatte Jonathan mit Nele rumgesponnen, welche Aktion man an seiner Schule machen könnte. „Am ehesten kann man noch die Leute im eigenen Umfeld wachrütteln“, hatte Nele gemeint. Sie würde den Kunden im Reisebüro jetzt immer empfehlen, lieber mit der Bahn zu verreisen. Wahrscheinlich würde sie den Job wechseln müssen, aber das sei ihr egal.

Als Nele sich später noch ein Glas heißes Wasser bestellt hatte, war Jonathan der glorreiche Einfall gekommen. Eine Aktion, die in die Geschichte der Schule eingehen würde. Nele wollte Mario überzeugen, mitzumachen. Und im Grunde ging die Idee sogar auf Schewe selbst zurück. Wenn er sie ihm jetzt hinschriebe, wäre der bestimmt begeistert. Allerdings war der Plan eines am allerwenigsten: für Lehrerohren bestimmt.
„Ende der Arbeitszeit", rief Herr Schewe und zog Jonathan das Blatt weg.
Jetzt hatte er noch nicht einmal „nichts" geschrieben, aber dafür war die Aktion weiterhin geheim. Die Aktion *Hot water.*

17

Jonathan hatte sich in sein Zimmer eingeschlossen. Er hörte, wie der Vater die Haustür öffnete. Es würde vermutlich keine zwei Minuten dauern, bis er an seine Tür poltern würde.
Jonathan klebte seine soeben fertiggestellte Konstruktion über den Lichtschalter. Im Grunde war die Erfindung patentreif. Er hatte aus seinem ferngesteuerten Auto den Servo ausgebaut, der die Lenkung betätigte. Wenn er an der Fernbedienung den Hebel umlegte, dann schob der kleine Motor den aufgeklebten Kunststoffriegel ein paar Zentimeter nach vorne. Um den Servo, den Empfänger und die kleine 9-Volt-Batterie hatte er festes Klebeband gewickelt. Das Ganze war jetzt ein kompaktes, kleines Päckchen, so groß wie ein halber Tennisball. Mit doppelseitigem Klebeband konnte man das Ding überall festkleben, wo es etwas aus der Ferne zu schalten gab. Jonathan legte den Hebel an der Fernbedienung um. Der Riegel bewegte sich in Richtung Lichtschalter und tat genau

das, was er tun sollte. Perfekt! Er machte ein Foto und schickte es Nele.
„*So müsste es gehen!*“, schrieb er dazu und: „*Hast du Mario schon gefragt?*“
„*Cool!*“, antwortete Nele. „*Das Klima braucht Menschen wie dich! Mario ist dabei! Wir treffen uns heute Abend bei ihm. Adresse schicke ich dir gleich.*“

☮

„Der Strom ist schon wieder weg“, rief der Vater von unten.
Jonathan hörte den Vater fluchend durchs Haus laufen. Dann wurde es kurz still, das Licht in Jonathans Zimmer ging an und dann hörte er den Vater die Treppe hochkommen. Die Klinke wurde ein paarmal energisch heruntergedrückt, dann klopfte der Vater noch energischer gegen die Tür.
„Jonathan, mach auf!“
Sein Vater war sofort dahintergekommen, dass es an der Hauptsicherung liegen musste.
Jonathan öffnete die Tür.
„Was soll denn der Mist?“, rief der Vater laut und hielt ihm den Zettel hin, den Jonathan

vorhin auf den Sicherungskasten geklebt hatte.
„Steht doch da“, sagte Jonathan und las vor:
„1 Kilowattstunde = ein halbes Kilo CO_2.“
„Ich habe gefragt, was der Mist soll?“
„Klimaschutz fängt immer im eigenen Haus an“, erwiderte Jonathan.
„Jetzt sage ich dir mal etwas“, sagte der Vater und verschränkte die Arme vor der Brust. „Ich habe den neuen SUV mit Elektroantrieb bestellt, weil du und Mama mir die Ohren vollgeheult haben. Ich dachte, der Klimawahn ist damit endlich beendet.“
Sein Vater erwartete wohl, dass Jonathan in Jubel ausbrechen würde. Weit gefehlt! Weil ständig über E-Autos geredet und geschrieben wurde, dachten plötzlich alle, Strom sei klimafreundlich. Bloß weil aus der Steckdose keine Abgase kamen. Das war glatter Selbstbetrug auf Kosten des Planeten. Der meiste Strom wurde immer noch aus Kohle und Gas gewonnen. Die Geschichte von der angeblichen Klimafreundlichkeit von Strom brachte Leute wie seine Eltern dazu, sich für Klimaschützer zu halten, wenn sie tagsüber das Licht brennen ließen oder sich einen 350-PS-Geländewagen mit Elektroantrieb kauften.

„Wenn du noch einmal den Strom abschaltest, dann setzt es Ärger“, sagte der Vater. „Das ganze Fleisch in der Gefriertruhe verdirbt bei solchen Späßchen.“

„Mach dir keine Sorgen“, sagte Jonathan ruhig. „Das habe ich natürlich vorher weggeworfen.“

„Du hast was?“ Der Vater war kurz vorm Explodieren.

„Fleischerzeugung ist nicht nur Tierquälerei, sondern auch absolut klima...“

„Es reicht!“, schrie der Vater, drehte sich um und lief nach unten. „Ich halte es mit einem Klimaterroristen unter einem Dach nicht mehr aus.“

Jonathan schmiss die Tür zu. Es war aussichtslos, seine Eltern verändern zu wollen. Sein Vater hing an schnellen Autos, an Strom und vor allem am Fleisch wie ein Drogenabhängiger an seinem Stoff.

Er hätte die Gefriertruhe wirklich ausräumen sollen, dachte er. Das wäre vielleicht eine noch heilsamere Maßnahme gewesen.

18

Jonathan und Nele schlossen ihre Fahrräder vor Marios Haus an.
„Ausziehen ist jedenfalls keine Lösung", sagte Nele.
Jonathan hatte ihr auf dem Weg zu Mario erzählt, dass er nach dem Crash mit seinem Vater kurz davor war, seine Sachen zu packen.
„Es ist immer besser, Konflikte auszuhalten, als ihnen aus dem Weg zu gehen", sagte Nele. „Und ohne Eltern ist auch doof. Das siehst du ja an Mario."
„Wieso an Mario?", fragte Jonathan.
„Marios Mutter ist abgehauen, als Mario fünf war. Und sein Vater wohnt nur noch auf dem Papier in der Wohnung, eigentlich aber seit zwei Jahren bei seiner Freundin."
„Da lernt man immerhin, allein klarzukommen."
„Ja, bestimmt", sagte Nele. „Andererseits hat Mario aber auch einen gewaltigen Dachschaden davongetragen."
„Du meist seine Selbstverliebtheit?"
Nele nickte. „Vor allem sein maßloser Geltungsdrang."

„Und woher weißt du das alles so genau?"
„Er hat mich nach einem Fridays-for-future-Treffen mal zum Essen eingeladen."
Aha. Jonathan war nicht klar gewesen, dass die beiden eine Vorgeschichte hatten. Er bekam plötzlich das Gefühl, dass das Treffen in dieser Konstellation möglicherweise komplizierter werden könnte, als er gedacht hatte.
Nele ließ seine Hand los und drückte auf den Klingelknopf.

☮

Das Ganze hatte trotzdem etwas extrem Cooles. Sie saßen bei Mario auf der Couch im Wohnzimmer und bereiteten eine geheime Mission zur Rettung des Planeten vor.
„Schießt los", sagte Mario.
„Also", begann Jonathan und stand auf. „*Hot water* wird ein Weckruf für all die verträumten Klima-Optimisten an unserer Schule. Die Aktion wird nächsten Dienstag stattfinden, also am vorletzten Tag vor den Ferien. Ab der dritten Stunde werden in allen Klassen die Smartboards angehen und die Lehrer werden Filme zeigen, um die Zeit totzuschlagen."
Nele schaute begeistert zu ihm.

„Dann wird um exakt 10 Uhr, also zehn Minuten nach Unterrichtsbeginn, in der gesamten Schule der Strom ausfallen. Die Computer, die Smartboards, die Beamer. Alles mit einem Schlag tot. Die Lehrer können nicht einmal mehr schnell noch Arbeitsblätter kopieren gehen."
„Und dann?", fragte Mario.
„Dann wird es eine Durchsage geben. Über die Lautsprecher, die in allen Räumen montiert sind."
„Was für eine Durchsage?", fragte Mario.
„Irgend so etwas wie ‚Soeben wurde durch einen Asteroideneinschlag das Kraftwerk zerstört' oder so."
„Das ist absoluter Quark", stellte Mario fest.
„Ja, das müssen wir noch ausarbeiten", sagte Jonathan.
„Wie wollt ihr das denn technisch bewerkstelligen?"
Jonathan grinste. Vor ein paar Monaten musste Gustav dem Hausmeister zur Strafe mal einen halben Tag assistieren. Und der hatte Gustav den kleinen Schrank mit der Übertragungsanlage gezeigt. Seitdem hatte Gustav rumgesponnen, er würde sein Handy

dort anstöpseln und in einer Mathestunde einen zehn Sekunden langen Furz einspielen.
„Kinderspiel“, sagte Jonathan.
„Aber der Hausmeister wird den Strom innerhalb von fünf Minuten wieder einschalten“, sagte Mario.
„Nicht am Dienstag“, sagte Jonathan und grinste. „Da schließt er nur die Schule auf. Danach hat er frei.“
Das hatte gewirkt. Mario starrte zum Fenster hinaus und nickte. Langsam schien er zu begreifen, dass *Hot water* genial war.
„Während des Stromausfalls werden dann alle über den Weltuntergang diskutieren und um genau 10 Uhr 45 …“ Jonathan machte eine Pause.
„… geht der Feueralarm los“, ergänzte Nele den Satz, woraufhin eine kurze Stille eintrat.
„Okay, ich bin raus“, sagte Mario. „Ich bin von der Saalmann fett verwarnt worden. Bei der nächsten Sache fliege ich von der Schule.“
„Die ganze Aktion wird natürlich top secret über die Bühne gehen“, beschwichtigte Jonathan. „Die Durchsage macht Nele. Keiner kennt sie an der Schule. Niemand wird uns etwas nachweisen können. Und den

Feueralarm lösen wir hiermit aus." Jonathan zog aus seiner hinteren Hosentasche die Fernschaltvorrichtung und warf sie Mario zu. „Fernauslöser", sagte Jonathan.
Mario drehte das Ding skeptisch in seinen Händen. „Und der zerdrückt auch die Glasscheibe?"
„Locker", sagte Jonathan.
„Und dann?" fragte Mario. „Was passiert nach dem Feueralarm?"
„Dann kommt der Showdown", sagte Nele.

☮

Jonathan hatte sich etwas verkalkuliert. Marios Begeisterung für die Aktion hielt sich in Grenzen. Das lag wahrscheinlich weniger an dem Plan selbst, sondern vielmehr daran, dass es nicht sein eigener war. Mario stand gern im Mittelpunkt. Seine Rolle bei dieser Aktion war jedoch begrenzt auf das Aufdrehen des Heißwasserhahns in einer unteren Toilette zum Höhepunkt der Aktion. Das war sicherlich kein Meilenstein auf dem Weg zum Bundeskanzler. Mario merkte bei seinen ganzen Einwänden wohl selbst, dass er in puncto Fantasie nicht mit Jonathan mithalten

konnte. Das machte ihm sichtlich zu schaffen. Hingegen tat Nele so, als sei sie von Marios Zweifeln begeistert. Sie spielte regelrecht mit ihm, um ihn bei der Stange zu halten. Mario tat Jonathan etwas leid. Der durchschaute das nämlich nicht. Wenn Mario wegsah, warf Nele ihm Blicke zu: *Schau, ich habe ihn voll in der Hand.* Irgendwie wurde Nele ihm dadurch etwas unheimlich.
„Du weißt aber schon“, sagte Mario, „dass sich die Sicherungen hinter einer verschlossenen Stahltür im Technikraum befinden.“
„Ist bekannt“, sagte Jonathan.
„Willst du den Hausmeister betäuben, um ihm den Schlüssel abzunehmen?“
Leider hatte Mario damit tatsächlich den problematischen Punkt des Planes getroffen. Jonathan spürte zwar, dass es einen Weg geben musste, er kannte ihn aber noch nicht.
„Dazu fällt mir noch etwas ein“, sagte er.

19

„Gustav, warte mal!“ Jonathan rannte hinter Gustav her und lenkte ihn in den Seitengang mit der Behindertentoilette. Warum auch immer die Techniker auf die Idee gekommen waren, den Schrank für die Lautsprecheranlage ausgerechnet hier zu installieren! Doch für *Hot water* war das optimal. Jonathan schloss von innen ab und zeigte auf das kleine, weiße Metallschränkchen an der Wand.

„Sag mal, wie kriegt man das Ding hier auf?“

„Mit einem Vierkantschlüssel“, sagte Gustav und zog sein Schlüsselbund aus der Tasche. „Immer dabei.“

„Gustav, du bist ein Genie!“

Gustav steckte den kleinen Metallgriff in das Schloss und zog die Tür auf. Viel zu sehen gab es hier nicht. Einen Schalter, zwei Drehregler, ein paar Buchsen.

„Hier kann man für Testzwecke ein Mikro anschließen“, erklärte Gustav und zeigte auf eine Klinkenbuchse. „Hey, das mit dem Furz war aber meine Idee.“

„Sag mal, Gustav, kannst du dichthalten?"
„Klar."
„Schwörst du mir, dass du absolut dichthältst? Egal was kommt?"
„Klar, Mann! Ich schwöre! Wir sind Freunde!"
„Gut", sagte Jonathan. „Leihst du mir den Vierkant?"
„Kein Problem", sagte Gustav und löste den Schlüssel von seinem Bund. „Was hast du vor?"
„Überraschung", sagte Jonathan und grinste. „Los! Wir müssen zu Schewe."

„Guten Morgen!" Herr Schewe kam herein, fuhr den Computer hoch, stellte sich vor das Smartboard und wartete die üblichen zwei Minuten, bis Ruhe eintrat.
„Ich mache in den Ferien eine Fahrradtour mit meiner Frau", sagte er.
„Klingt aufregend", entgegnete Gustav.
„Und was macht ihr in den Sommerferien?"
„Ägypten", rief Emma.
Herr Schewe kratzte sich den Bart. „Mit dem Flugzeug also."
„Wohl kaum mit Kamelen", sagte Gustav.

Ein paar andere riefen ihre Reiseziele in die Klasse, Herr Schewe kratzte sich weiter den Bart und dann klopfte es an die Tür.
„Entschuldigung, Herr Kollege, dürfte ich deinen kostbaren Unterricht für eine Minute unterbrechen?“ Herr Peters kam in den Raum und Herr Schewe trat zur Seite.
„Aber natürlich, Herr Kollege.“
„Eigentlich möchte ich dir nur kurz Jonathan entführen.“ Er schaute Jonathan an. „Kommst du bitte mal mit nach draußen?“
Jonathan erstarrte. Hatte Herr Peters vielleicht beobachtet, wie er und Gustav in der Behindertentoilette verschwunden waren?

☮

Herr Peters schloss die Tür und sah Jonathan fest in die Augen.
„Gratuliere“, sagte er ernst.
Jonathans Gedanken schossen hin und her.
Herr Peters kramte in seiner Tasche. „Deine Bioarbeit“, sagte er und gab ihm das Blatt.
„Volle Punktzahl“, fuhr er fort und boxte Jonathan kumpelhaft gegen die Schulter.
„Das ist doch eine gute Nachricht am Ende eines mäßig erfolgreichen Schuljahrs, oder?“

Erwartete Herr Peters von ihm jetzt etwa einen dankbaren Blick? Den Gefallen tat Jonathan ihm nicht, woraufhin Herr Peters seine Stirn runzelte.
„Deinen sogenannten Entschuldigungsbrief habe ich an Frau Saalmann weitergeleitet. Sie wird dir dazu bestimmt noch ein paar Worte sagen. Meine Meinung: Ich fand ihn etwas peinlich und auch ziemlich unglaubwürdig."
Jonathan hätte jetzt am liebsten zum Feuerlöscher neben der Tür gegriffen und Herrn Peters ins Gesicht gespritzt. Das hätte er jetzt mehr als verdient. Aber die eintretende Erleichterung linderte seine Wut. Herr Peters nahm ihn nicht ernst und für die Aktion war das auf jeden Fall ein Vorteil.
„Viel Spaß noch bei Herrn Schewe." Herr Peters drehte sich um und ließ ihn stehen.

☮

Als Jonathan sich wieder setzte, lief auf dem Smartboard ein Film über Flugzeugabgase.
„Ich dachte, wir machen endlich mal was anderes", sagte Emma.
„Falsch gedacht", entgegnete Herr Schewe.
„Dieses Thema wird euch noch euer ganzes

Leben lang begleiten. Jetzt aber Ruhe, bitte!"
Jonathans Puls war fast wieder auf Normalniveau. Während der Sprecher im Film monoton über Kerosinverbrauch pro Kopf und Kilometer redete, ging Herr Schewe herum und teilte die korrigierten Tests aus. Natürlich schaute deswegen kein Mensch auf die Diagramme. Auf den leeren Linien unter der Frage, was er für den Klimaschutz tun würde, stand in Rot: *Schade, Jonathan, von dir hätte ich hier mehr erwartet.*
Abwarten!, dachte Jonathan. Mit einer Eins und einer Drei stand er ganz gut da. Das Problem mit der Durchsage war gelöst. Die Sache mit der Stahltür vor dem Raum mit den Sicherungen hatte er jedoch unterschätzt. Viel Zeit blieb nicht, das Wochenende stand vor der Tür, in drei Stunden schloss die Schule.

☮

Jonathan wartete, bis die beiden nach der letzten Stunde das Schulhaus verließen. Er beschleunigte seine Schritte, bis er sie auf der Straße fast eingeholt hatte.
„Hey, ihr zwei!", rief Jonathan.
Lisa und Farah drehten sich zu ihm um.

20

Noch 24 Stunden bis *Hot water.* Wenn Jonathan jemals an einem Wochenende so viel für die Schule getan hätte, wie er mit der Vorbereitung der Aktion zugebracht hatte, wäre er wohl ein Einser-Schüler.

Mit Nele hatte er im Green Village den Text für die Durchsage geschrieben, einen exakten Zeitplan für die einzelnen Schritte gemacht und geklärt, wie sich die drei während der Aktion in der WhatsApp-Gruppe verständigten.

Mario hatte verärgert geschrieben, dass es absolut leichtsinnig gewesen sei, Lisa und Farah mit ins Boot zu holen. Keiner könne einschätzen, ob die beiden dichthielten.

Ja, dieses Risiko bestand tatsächlich, aber Jonathan hatte keinen anderen Weg gesehen. Wegen der Sache mit der Schulblockade hätte der Hausmeister bei ihm jedenfalls den Braten sofort gerochen.

Kurz vor Ende der Mittagspause ging die erleichternde Nachricht ein.

„*Der Adler ist im Horst*“, schrieb Farah ihm.

Jonathan jubelte innerlich. Die letzte Hürde

war hiermit genommen. *Hot water* war endgültig aktiviert.

☮

Jonathan wartete, bis sich die Gänge nach der letzten Stunde geleert hatten. Jetzt stand er vor der Stahltür mit der Aufschrift *Haustechnik*. Er zog an dem Knauf. Die Tür ließ sich öffnen. Lisa und Farah waren tatsächlich erfolgreich gewesen.
Zum Beginn der Mittagspause hatte Jonathan mit einem Draht einen Kurzschluss in einer Steckdose ausgelöst. Lisa und Farah hatten daraufhin im Gang auf den Hausmeister gewartet, bis dieser auftauchte, um die Sicherung wieder einzuschalten. Nachdem er im Technikraum verschwunden war, waren die beiden zu ihm gestürmt und hatten ihn zur Mädchentoilette geordert, wo angeblich gerade das Wasser überliefe. Die beiden hatten das so dramatisch rübergebracht, dass der Hausmeister sofort aus dem Raum stürmte und Lisa unauffällig den Streifen Gewebeklebeband über den Schnapper kleben konnte, wodurch sich die Tür jetzt ohne Schlüssel öffnen ließ.

Jonathan schaute in den großen Kasten mit den ungefähr 30 Sicherungsschaltern. Die Hauptsicherungen waren ordentlich beschriftet. Die Technik für Feueralarm und die Lautsprecheranlage lief über einen gesonderten Stromkreis mit Notstromaggregat, wie es der Hausmeister Gustav bei seinem Strafdienst stolz erklärt hatte.
Jonathan machte ein Foto und kennzeichnete darauf die vier Schalter, die Nele morgen um exakt 10 Uhr betätigen musste. Sie würde Handschuhe tragen müssen, um keine Fingerabdrücke zu hinterlassen.
„*Hot water ist angelaufen*“, schrieb er in die Gruppe.

21

Tag X war da. Heute würde Jonathan der normalste Schüler der Welt sein. Er würde brav um das Anschauen eines Films betteln, schließlich wäre ja der vorletzte Schultag. Und er würde hin und wieder einen harmlosen Spruch ablassen. Keiner würde ahnen, dass er gleichzeitig unter dem Tisch eine Aktion steuerte, die diesen Tag gehörig auf den Kopf stellen würde. Und niemand hatte beobachtet, wie er, Nele und Mario heute Morgen um kurz nach halb acht die Schule betreten hatten, um die letzten Vorbereitungen zu treffen.
In Kunst hatte die Klasse bereits einen Film über einen Grafitti-Künstler anschauen müssen und nun kam Mathe bei Frau Linde. Die war aber wohl nicht da und der Zufall wollte es so, dass stattdessen Herr Peters die Doppelstunde übernahm.
„*9.50 Uhr*“, tippte Jonathan in die Gruppe. „*Hot water startet in exakt 10 Minuten*“.
„Guten Morgen“, sagte Herr Peters. „Wir schreiben jetzt einen Mathe-Test.“

Niemand beschwerte sich, Herr Peters war für seine langweiligen Scherze bekannt.
„Eine andere Möglichkeit wäre natürlich", Herr Peters setzte sein kumpelhaftes Grinsen auf, „dass wir einfach eine DVD reinschmeißen."
Auch jetzt beschwerte sich keiner, obwohl der Filmgeschmack von Herrn Peters genauso verschrien war wie sein Humor.
„Ich habe ‚Burn after reading' mitgebracht", sagte er und winkte mit einer DVD. „Ein Meisterwerk."
Herr Peters schob die DVD in das Laufwerk und trug seinen Stuhl nach hinten. Dank der Krankheit von Frau Linde hatte Jonathan für die kommende Stunde nun ein wasserdichtes Alibi durch den Klassenlehrer höchstpersönlich.
Nele: *„Bin auf Position."*
„Die vier großen Schalter oben links", tippte Jonathan.
Nele: *„Ja doch! Bin ja nicht blöd."*
„Mit wem chattest du denn?", raunte Gustav.
„Mit meiner Mutter", flüsterte Jonathan. „Mit wem denn sonst?"
„Wahrscheinlich spannender als dieser nervige Spackofilm", sagte Gustav. „Gib mir mal den Vierkant zurück, Jonathan, dann

erledige ich jetzt die Sache mit dem Furz."
„Ruhe da vorn", rief Herr Peters von hinten.
Nele: *„Fertig machen zum Lockdown in 5 … 4 … 3 … 2 …"*
Jonathan hielt den Atem an. Film aus. Dunkel. Im ganzen Schulhaus eine Stille wie mitten in den Ferien.
„Nanu?" Herr Peters stand auf. Er ging zum Lichtschalter und drückte drauf. „Strom weg", stellte er mit naturwissenschaftlicher Präzision fest.
Jonathan zählte die 45 Sekunden herunter, die Nele brauchen würde, um den Sicherungskasten zu schließen, das Klebeband vom Schnapper zu entfernen, das Zylinderschloss mit einem Kaugummi vor etwaigen Schlüsselinhabern zu sichern und zur Behindertentoilette zu rennen. Sie musste nur noch den Schrank öffnen, das Mikrofon einstöpseln und …
„Liebe Schüler, liebe Lehrer, hier spricht Frau Saalmann", schallte es jetzt aus dem Lautsprecher über der Tür. *„Bedauerlicherweise musste soeben in der gesamten Schule der Strom abgeschaltet werden. Dies ist eine Einsparmaßnahme. Strom kostet nur ein paar*

Cent. Den wahren Preis aber werdet ihr, liebe Schüler, später bezahlen müssen, wenn das Kollegium und ich uns längst für immer verabschiedet haben. Liebe Kollegen, falls Sie gerade auf den Gedanken kommen, noch schnell ein paar sinnlose Arbeitsblätter kopieren zu gehen, darf ich Sie daran erinnern, dass auch das Kopiergerät mit Strom arbeitet. – So! Für die folgenden 20 Minuten bitte ich Sie, mit Ihren Klassen die folgende Frage zu diskutieren: WAS IST ZUKUNFT? – Die Ergebnisse der Diskussion legen Sie mir bitte im Anschluss schriftlich vor. Vielen Dank! Die Arbeitszeit beginnt JETZT.“
Nach Neles letztem Wort herrschte dieselbe Stille wie nach dem Stromausfall. Keiner wusste, ob man klatschen, lachen oder einen blöden Spruch machen sollte.
„Spaßvögel“, sagte Herr Peters.
„Was ist denn Zukunft für Sie?“, fragte Lisa.
„Wollt ihr jetzt allen Ernstes …“
„Sie haben doch gehört, was Frau Saalmann gesagt hat“, unterbrach ihn Farah.
„Du glaubst doch nicht wirklich, dass das Frau Saalmann war!“ Herr Peters zog seine Augenbrauen spöttisch nach oben.

„Was ist denn nun Zukunft?“ Lisa ließ nicht locker.
„Zukunft ist das, was kommt“, sagte Herr Peters.
„Und was kommt?“
„Das weiß man eben nicht“, entgegnete Herr Peters. „Das ist nun mal eine Eigenart der Zukunft.“
„Aber Sie sind doch Naturwissenschaftler“, mischte sich plötzlich Gustav ein. „Als Naturwissenschaftler kann man doch immer ableiten, was als Nächstes passiert.“
Jonathan staunte. Dass Gustav zu ernsthaften Beiträgen in der Lage war, war neu.
„Als Nächstes geht der Strom wieder an“, sagte Herr Peters. „Weil da irgendein Heini die Sicherung rausgedreht hat.“
„Und dann?“, fragte Farah.
„Dann schauen wir weiter ‚Burn after reading‘.“
„Ich meinte, so langfristig gesehen.“
„Langfristig gesehen, werden wir einen Weg finden, mit dem Klimawandel umzugehen.“
Jetzt stand Farah auf. „Aber die Wissenschaftler sagen doch, dass klar ist, welcher Weg gegangen werden muss. Aber Menschen wie Sie ignorieren das einfach, weil sie die

Zukunft, die eigentlich unsere Zukunft ist, gar nicht interessiert."

Das hatte gesessen. Farah war zu Höchstform aufgelaufen. Jonathan hätte sie umarmen können.

Herr Peters guckte blöd und probierte noch einmal am Lichtschalter aus, ob der Strom endlich wieder ginge.

„Nele, Abmoderation starten!", tippte Jonathan. Drei Sekunden später folgte die zweite Durchsage:

„Liebe Schüler, liebe Lehrer. Die Zeit ist abgelaufen. Mir wurden keine brauchbaren Ergebnisse vorgelegt. Schade. Leider haben wir noch ein anderes Problem: Das Wasser im Topf beginnt in wenigen Sekunden zu kochen."

„Rückzug, Nele!", tippte Jonathan. *„Ich aktiviere den Tennisball. Ist Mario auf Position?"*

Jonathan steckte die Hand in seine Tasche und bewegte den Hebel an der Fernbedienung. Eine Sekunde später schrillte die Feuerglocke und über der Tür rotierte unheilvoll die rot blinkende Lampe.

Herr Peters hatte Mühe, die Schüler beim Verlassen des Gebäudes zu bändigen. Ein Feueralarm hatte immer etwas Bedrohliches. Letztlich wusste keiner mit Sicherheit, ob es nicht doch ein Ernstfall war. Und durch Neles letzte Worte schienen sich alle plötzlich nicht mehr so sicher, ob das Ganze wirklich ein harmloser Streich war. – *Hot water* lief nach Plan. Nur bei Mario schien etwas nicht zu stimmen.

„*Mario? Bist du auf Position?*“, tippte Jonathan beim Herausgehen. Er machte einen kleinen Schlenker in den Seitengang und entfernte unauffällig den Fernschalter vom Feuermelder an der Wand. Dabei starrte er unablässig auf sein Display. – Keine Antwort.

„*Was ist mit Mario???*“, tippte er.

Nele: „*Keine Ahnung. Ich erreiche ihn nicht. Sein Telefon ist aus.*“

22

Durch alle Türen strömten Schüler nach draußen. Jonathan schaute zum Rasensprenger, den sie an der Hauswand im Gebüsch positioniert hatten. Den Schlauch hatten sie durch das Kippfenster in die Jungentoilette hineingeführt. Mario musste nur das Schlauchende über den Wasserhahn stülpen. Das Wasser würde nicht mehr so heiß sein, wenn es durch den Schwenksprenger auf den Hof gespritzt werden würde, aber immerhin noch einer heißen Dusche gleichen. Hatte Marios Handy schlappgemacht?

Die Sache war zu unsicher. Notfalls musste er das machen. Und zwar jetzt.

„Du darfst nicht mehr ins Schulhaus.“ Der Lehrer am Eingang stellte sich ihm in den Weg.

„Ich habe etwas Wichtiges in der Klasse vergessen“, erwiderte Jonathan.

„Was denn?“

„Meine …“ Jonathan überlegte. Die Aktion bewegte sich ab jetzt außerhalb des Plans und die Zeit wurde knapp.

„Das klaut schon niemand“, sagte der Lehrer.

„Meine … Medikamente“, stammelte Jonathan. Seine Verzweiflung musste er gar nicht spielen. „Ich brauche sie jetzt sofort.“
„Beeile dich“, sagte der Lehrer, „sonst erwischt dich noch die Feuersbrunst.“
Jonathan schaute in den leeren Gang. Am Ende befanden sich die Toiletten. Mit lautlosen Schritten eilte er durch den Korridor, sein Handy in der Hand.
„Wegen Überschwemmung gesperrt“, stand auf dem Zettel, den sie heute Morgen an die Tür geklebt hatten.
In diesem Moment ging eine Nachricht ein. Aber nicht aus der Gruppe, sondern eine SMS. Jonathan legte seine Hand auf die Klinke.
„AKTION ABBRECHEN!!!“, las er auf dem Display. *„SOFORT! UNBEDINGT!!!“*
Jonathan drückte vorsichtig die Türklinke herunter und öffnete die Tür. Als er die Frau vor sich im Raum sah, zog er die Tür vor Schreck sofort wieder zu. Er nahm noch wahr, wie sie sich zu ihm umdrehte. Gesehen hatte sie ihn nicht. Und jetzt rannte Jonathan. In die entgegengesetzte Richtung, aus der er gekommen war. Hier entlang waren es nur wenige Meter zum nächsten Ausgang.

Sein Puls betrug geschätzte 180, als er zurück auf den Schulhof raste.
„Aktion abgebrochen!“, schrieb er Nele, allerdings nicht über die Gruppe, sondern ebenfalls als SMS. *„Versteck dich in einer anderen Toilette und verschwinde dann!“*
Jonathan lief zum Sammelpunkt seiner Klasse, woraufhin er einen mahnenden Blick von Herr Peters einfing.
„Ich musste dringend aufs Klo“, sagte Jonathan und das war noch nicht einmal gelogen.
Gustav kam zu ihm. „Jetzt wissen wir endlich, wie man Filmvorführungen von Herrn Peters wirkungsvoll beendet.“
Jonathan bemühte sich um ein amüsiertes Grinsen, während sich seine Gedanken überschlugen. Warum war die Saalmann auf dem Jungenklo gewesen? Wo war Mario? Und warum hatte ausgerechnet Klara ihn gewarnt?
Eine Minute später tönte eine Ansage über die Lautsprecher auf dem Hof.
„Liebe Schüler, ihr könnt die Schule jetzt wieder betreten. Die Brandschutzübung ist beendet.“
Diese stammte wirklich von Frau Saalmann.

23

„Lisa, hervorragend! Farah, ausgezeichnet." Herr Peters ging herum und machte zu jedem Zeugnis, das er auf einen Tisch legte, einen kurzen Spruch. „Gustav, leider wie immer. Jonathan, nächstes Jahr besser!"
Jonathans Blick schweifte gleichgültig über das Papier mit diesen willkürlichen Zahlen. Noch nie waren ihm Noten so bedeutungslos vorgekommen. Der Ärger, dass *Hot water* vor dem großartigen Höhepunkt abgebrochen werden musste, war inzwischen verflogen. Auch am letzten Schultag wurde auf allen Fluren über die unbekannten Urheber der gestrigen Ereignisse gerätselt.
Geblieben war der Stolz auf eine Aktion, die sicherlich noch eine Weile im Gedächtnis haften bleiben würde. Auch ohne den fulminanten Abschluss.
Geblieben war aber auch das riesige Fragezeichen zu Mario, der nicht mehr zu erreichen und auch heute nirgends zu sehen war. Er hatte sie auflaufen lassen wollen. Hatte er das vielleicht von Anfang an vorgehabt?

Eines war sicher: Wenn Jonathan Klaras Nachricht nicht gelesen hätte, wäre er in die Toilette gepoltert und der Saalmann direkt in die Arme gelaufen. Manchmal entschied eine Sekunde über das Schicksal.
„*Ich wusste sofort, dass du dahintersteckst. Gleich als der Strom ausging*“, hatte Klara am Abend geschrieben.
„*Warum hast du mich gewarnt?*“
„*Ich habe gesehen, wie Mario nach dem Feueralarm zu Frau Saalmann gegangen ist. Da hatte ich plötzlich so ein komisches Gefühl. Weibliche Intuition halt.*“
„*Danke*“, hatte Jonathan geantwortet. „*Das war lieb von dir.*“
Irgendwie hatte es bei ihm wieder geknistert. Die Sache zwischen ihm und Nele war eigentlich schon in den letzten Tagen auf Freundschaftsniveau heruntergekühlt. „*Sehen uns Donnerstag am Hafen*“, hatte Nele ihm nach der Aktion geschrieben. Es war ein Strohfeuer gewesen. Dreimal hatten sie geknutscht und dreimal Händchen gehalten. Sie waren gestartet wie eine Rakete zur Venus, aber der Treibstoff war schon nach wenigen Tagen aufgebraucht. Sie waren umgekehrt und

wieder auf der Erde gelandet. Keinem von beiden hatte der Aufprall wirklich wehgetan.
Herr Peters hatte jetzt alle Zeugnisse verteilt. „Ich fahre morgen zum Klettern ins Gebirge“, sagte er. „Und ihr so?“
„Ägypten“, sagte Emma.
„Auf Kamelen?“, fragte Gustav.
Das Lachen wurde durch eine Durchsage von Frau Saalmann unterbrochen.
„Jonathan Schumacher aus der 9 a bitte nach der Zeugnisausgabe zu mir ins Schulleiterzimmer kommen.“
Jonathan stockte der Atem.

☮

„Das war ja ein ereignisreicher Tag gestern“, empfing ihn Frau Saalmann. „So kurz vor den Ferien mal eine richtige Abwechslung.“
„Ja“, sagte Jonathan unsicher, „war aufregend.“
„Viele Kollegen haben mir bei der Dienstbesprechung heute Morgen gesagt, sie hätten die Aktion als angenehme Bereicherung empfunden und mit ihren Schülern angeregt über meine Aufgabe diskutiert.“ Frau Saalmann grinste. „Mal etwas anderes als bloß Filme schauen.“

„Ja“, bestätigte Jonathan. „Hat mir auch gefallen.“ Das Gespräch wurde immer schräger. Was wollte die Saalmann von ihm? „Wer sich das bloß ausgedacht hat?“ Frau Saalmann sah aus dem Fenster. „Muss jedenfalls ein fantasievoller und mutiger Kopf gewesen sein.“
Jonathan nickte vorsichtig.
„Genau solche Menschen brauchen wir ja eigentlich. Leute mit Verantwortungsbewusstsein. Wie zum Beispiel Mario Hopp aus der Elften, der mich trotz des ganzen Trubels gestern auf eine mögliche Überschwemmung in einer Jungentoilette hingewiesen hat.“
Jonathan schaute nach unten.
„Aber nun dazu, warum du hier bist.“ Frau Saalmann nahm ein Blatt aus ihrer Mappe und legte es auf den Tisch.
„Dein Brief. Ich weiß, Herr Peters sieht das anders, aber ich fand ihn berührend, Jonathan. Ich freue mich über jeden Schüler, der trotz des ganzen Irrsinns auf dieser Welt auch noch Gefühle äußern kann. Das ist ja nicht selbstverständlich. Und ich freue mich auch über Schüler, die nicht gleich einknicken, wenn es mal ein bisschen Gegenwind gibt.“

Jonathan schaute Frau Saalmann ins Gesicht. Sie schaute ihn warmherzig an.
„Das wollte ich dir noch sagen." Frau Saalmann stand auf. „Also: Schöne Ferien, Jonathan."

Die Schüler waren alle schon weg, als Jonathan zum Ausgang lief. Mit allem hätte er gerechnet. Aber nicht damit. Frau Saalmann hätte einen riesigen Aufstand machen können. Warum hatte sie ihn verschont?
Vor dem offenen Lehrerzimmer standen noch ein paar Lehrer.
„Ist Herr Schewe noch da?", fragte Jonathan.

24

War es schräg, seinen Erdkundelehrer zu einem Smoothie einzuladen? – Auf jeden Fall! Zum Glück waren weit und breit keine Schüler mehr da gewesen, die herumerzählen könnten, dass Jonathan sich bei Herrn Schewe einschleimen wollte. Abgesehen davon, wäre nach der Zeugnisausgabe auch der unsinnigste Zeitpunkt dafür.
„Probieren Sie mal den Green-Smoothie-Spezial“, sagte Jonathan.
„Werde ich tun.“ Herr Schewe klappte die Getränkekarte zu.
„Zwei Green-Smoothie-Spezial“, sagte Jonathan und lächelte der Bedienung in der grünen Schürze zu.
„Wie komme ich denn zu dieser Ehre?“
„Wissen Sie noch, als damals das Mädchen in Ihren Unterricht kam, um eine Ansage zu machen?“

☮

Jonathan erzählte seine Geschichte, die bei Herrn Schewe im Unterricht, mitten in seiner

Övelgönne-Präsentation, angefangen hatte. Früher hätte er sich nicht im Geringsten für das Klima interessiert. Durch die Unwetterkatastrophe hätte er alles plötzlich in einem anderen Licht gesehen. Auch das, wovon Herr Schewe immer im Unterricht gesprochen hatte. Er hätte erkannt, dass die Eindämmung des Klimawandels wohl zu den wichtigsten Aufgaben in seinem Leben gehören würde. Vielleicht auch beruflich. An der Aktion gestern in der Schule hätte er gesehen, dass es schwierig sei, Menschen zu verändern.
Jonathan konnte nicht einschätzen, ob Herr Schewe ahnte, dass *er* hinter *Hot water* steckte. Vielleicht konnte er es sich denken, aber darum ging es gar nicht mehr.
„Und in der Sekunde, als das Mädchen in Erdkunde hereinkam, hat mein Leben angefangen, sich zu drehen", sagte Jonathan. „Sie hätten sie wegschicken können, Herr Schewe. Dann wäre alles anders gekommen. Aber das haben Sie nicht. Dafür wollte ich mich bedanken."
Herr Schewe hatte interessiert zugehört. Sicherlich passierte es ihm nicht so oft, dass Schüler ihm in einem Café ihre Lebensge-

schichte erzählten. Herr Schewe schaute nachdenklich aus dem Fenster.
„Wir können die Welt nicht von heute auf morgen verbessern“, sagte er dann. „Weder mit Gewalt noch mit Vernunft. Das ist leider so. Am ehesten noch mit Fantasie.“ Herr Schewe kratzte sich im Bart. „Man kann nur sich selbst verbessern. Aber man darf mit sich selbst auch nicht zu streng sein. Wir sind eben bloß Menschen. – Letztlich geht es darum, den Mut zu haben, einen Schritt in die richtige Richtung zu gehen. Und das hast du getan, Jonathan. Ob wir am Ende Erfolg haben, wird die Zukunft zeigen.“
Herr Schewe zeigte auf die beiden Smoothies, die die Bedienung schon vor einigen Minuten auf den Tisch gestellt hatte.
„Sieht ja lecker aus“, sagte er und stieß mit seinem Glas an Jonathans.
„Auf die Sommerferien, Jonathan!“

☮

Jonathan schob sein Fahrrad nach Hause. Ja, eigentlich sah seine Zukunft doch ganz gut aus. Zumindest die, die er überblicken konnte. Heute Nachmittag: Baden mit Gustav.

Morgen: die Aktion am Hafen. Das würde aufregend werden. Und zu guter Letzt hatte Klara gerade geschrieben.

„Ich weiß, ich bin manchmal undurchschaubar. Aber wenn du magst, können wir uns in den nächsten Tagen mal wieder treffen.“

25

Noch 45 Tage schulfrei. Zweiter Tag der Sommerferien. Jonathans Mutter hatte ihm die Titelseite der „Hamburger Morgenpost" auf den Frühstückstisch gelegt. Das bunte Foto ging über die gesamte Breite des Blatts.

Im Hintergrund die AIDA am Hafen, davor die zweihundert Leute von allen XR-Gruppen aus Hamburg, Niedersachsen und Schleswig-Holstein. Im Vordergrund ihr sechs Meter breites Transparent.

„Das Klima hat keinen Urlaub!"

Jonathan hatte Herrn Schewe erzählt, dass sie noch einen Träger für das Transparent bräuchten. Auf dem Foto erkannte man ihn gut, er kratzte sich gerade seinen grauen Bart. Gustav drehte auf dem Bild seinen Kopf zur Seite. Aber sein eigenes Gesicht war deutlich zu sehen, zuversichtlich lächelte er in die Kamera.

Nein, sie hatten das Schiff nicht am Ablegen gehindert, aber in den Köpfen einiger Menschen hatten sie vielleicht etwas bewegt. Das

größte Wunder hatte sicherlich im Gehirn von Gustav stattgefunden. Der fand die Aktion in der Schule „rattengeil“, wahrscheinlich mehr wegen der ganzen Technik. Von Jonathans Fernschalter war er begeistert und ihn auf die Aktion am Hafen zu begleiten, fand er zumindest aufregender, als allein baden zu gehen. Das war doch schon ein Anfang.
So findet eben jeder seinen eigenen Weg in die Zukunft, dachte Jonathan. Mario war jedenfalls nicht am Hafen gewesen. Aber auch der hatte eine Zukunft, wenn auch wahrscheinlich nicht als Bundeskanzler.
Und schließlich hatte Jonathan sogar seine Eltern überzeugt, mit Bahn und Fähre nach Schweden zu fahren, anstatt mit dem Auto. In einer Woche würde es losgehen. Zum Camping. Immerhin standen seine Eltern nicht auf Kreuzfahrten. Trotzdem gab es bei denen noch viel zu tun. Die Zukunft blieb ein weites Betätigungsfeld.
Jonathan nahm den Teller mit dem Brötchen vom Tisch und ging wieder nach oben in sein Zimmer. Um zwölf war er bei Klara zu Hause eingeladen. Er legte sich aufs Bett. Ja, Klara hatte Recht. Sie war undurchschaubar. Und

genau deshalb gab es auch noch eine Chance. Aber eigentlich gab es sowieso immer eine Chance.
Jonathan schloss die Augen und kehrte noch einmal in seinen eigenartigen Traum von heute Morgen zurück.

☮

Sie saßen vor einem kleinen, grünen Zelt auf einer Decke. Klara hatte ihre Haare hochgesteckt und schaute zum Horizont. Sie waren am Meer. Vor ihnen weißer Strand und blaues Wasser. Es war ein friedlicher Traum gewesen, aber auch genauso rätselhaft.
„Die Zukunft ist ein Spiegel“, sagte Klara. „Je nachdem, wie du hineinschaust, siehst du unterschiedliche Dinge.“
„Wir werden uns Mühe geben, dass sie ein gutes Leben haben wird“, sagte Jonathan.
„Das werden wir“, sagte Klara und lächelte Jonathan mit ihrem tiefgründigen Blick an.
„Mehr können wir auch nicht tun“, sagte Jonathan. Er lächelte zurück und streichelte liebevoll über Klaras gewölbten Bauch.